壊れた家の再訪
その他の物語

Translated to Japanese from the English version of Revisiting A Broken House

Translated by SRAC Services

Sandeep Kumar Mishra

Ukiyoto Publishing

全世界での出版権はすべて

Ukiyoto Publishing

2024年発行

ISBN 9789367952719

www.ukiyoto.com

内容

遠い叫び 1

壊れた家の再訪 31

完璧な着陸 54

ライジング・フォール 76

マスク 102

遠い叫び

カーテンの隙間から覗く朝の光に目を閉じ、もう少し眠れることを祈りながら、スニルはジャイプールーの臆病者のように感じた。キックボクシングのリングで自分の2倍はある相手と戦い、友人たちと速い川を平気で渡ってきた。

スニルは携帯電話に手を伸ばし、ディスプレイを見て唸った。朝食をとるには十分な時間があった。頭はまだ眠気で重かったが、スニルは無理やり起き上がり、目をこすった。キッチンから食器の音が聞こえてきた。制服を着て髪を整え、キッチンに向かった。

彼は椅子に腰を下ろし、朝食を食べ始めた。やがて彼は仕事を終え、玄関を出た。学校までの道のりは、人、自転車、車が巧みに互いを避けながら行き交う、いつもの混沌とした熱狂だった。ゴロゴロというエンジン音とクラクションの音が耳障りで、複数の業者がスニルの注意を引こうとしたが、彼はそれを無視し、前週の出来事に思いを馳せた。

冴えない金曜の朝、雨のため休み時間のクラスは室内に閉じ込められ、いつもは賑やかな教室は耳をつんざく叫び声が飛び交うカオスと化していた。スニルは友人のアニルと冗談を言い合っていた。しかし、突然の音量低下でスニルの声ははっきりと際立ち、クラス全体が居心地の悪い沈黙に包まれた。スニルは振り返り、クラスメートの茫然とした顔を見た。″やあ！何だと？

後頭部を平手で叩かれたスニルは驚いて振り向くと、カシュヴィが彼をにらんでいた。

″よくもまあ、そんなことが言えるな！″そして考える間もなく、スニルの手はすでに彼女に向かって飛んできて、彼女の顔を殴った。

スニルの同級生が仲裁に入り、何かが起こる前に2人を引き離すと、クラス全体が歓声に包まれた。

突然、ゴヤール夫人がそこに来て、やめろと叫んだ。教師は二人を引き離し、スニルの顔を真っ向から叩く。「アウト！このクラスからは外れた！ご両親はこのことをスニルの耳に入れるだろう″

一日の残りはクラスの外で過ごし、一日の終わりには両親が迎えに来た。彼はその週の残りは戻らなかった。

彼の噂が広まり始めたのはその時だ。彼はそのすべてを聞いた。アニル彼は彼のスパーリング仲間だ。

″妹を殴るのも好きだったって言ってたじゃないか！″

″なんだこいつ″

金曜日はこれ以上早く来ることはできなかった
。

スニルは頭を上げ、自分がすでに学校の正門の前にいることに気づいた。生徒の群れの陰からアニルのボコボコ頭が顔を出すのを期待して辺りを見回したが、友人の姿はどこにもなかった。数人の生徒が彼をじっと見ていたが、事件の奇妙な描写を聞いたに違いない。スニルは彼らを無視することに全力を尽くした。中庭は学生でいっぱいになり、雑談の声が大きくなったが、それでもアニルは来なかった。

スニルが友人の顔を見ようとしたその先には、彼より2歳ほど年上の2人の少女がいた。スニルは目をそらした。彼は女の子が苦手だった。

「スニルスニルだね？

スニルは再び顔を上げた。背の高い彼女は、輝く白い歯を見せて微笑んだ。彼女の口調は親しみやすかったが、スニルは何かが間違っていることに気づいていた。作り笑顔。

「そうだ。

″おいおい！恥ずかしがるな！放課後、遊びに行かないか訊きたかっただけなんだ」。頷く友人に向かって、彼女は言った。″はい、何か言うことは？″

″ええと...ええ、もちろんです″

スニルは立ちすくんでしまった。二人の少女の笑いがくすくす笑いに収まると、彼の顔は熱くなった。そしてついに、凍りついたスニルに向き直った。「これが現実だと思ったのか？

「かわいそうなスニル！私たちはあなたのような人とは決して付き合わないわ！女性を殴る人！」。

スニルの顔は火照り、背中には冷や汗が流れていた。これは罠だった。スニルは何か言いたかったが、この状況で威厳のある言葉が見つからなかった。一人目の少女は眉間にしわを寄せながら彼に近づいた。

「なぜ答えない？

しかし、スニルは恥ずかしさで顔を真っ赤にしながら、すでに背を向けていた。誰かに肩を叩かれ、スニルは激しく振り向いた。

″よう！目を覚ませ！授業に行かないと」。

スニルは″なんでそんなに時間がかかったんだ！″と怒鳴った。

「落ち着いて！遅く目が覚めた。ところで、今、女の子たちと話していたのかい？

「いや、授業に行こう」。

「ああ、残念だ。暑そうだった」。

スニルはため息をつきながら、人ごみにまぎれて学校のドアをくぐった。

*****

スニルは授業の最初の数時間、先生をぼんやりと見つめながら過ごした。先生たちの言葉は彼にはまったく理解できず、2人の女の子に返すべき言葉が頭の中を駆け巡った。あの瞬間、なぜ彼はそうできなかったのだろう、なぜ優柔不断だったのだろう。

しかし、ベルが鳴り、彼の思考は途切れた。次はゴヤール夫人のレッスンだった。スニルはすぐに心理学の教科書を取り出した。彼はペンを机の上で叩きながら、緊張の面持ちでメモからドアへと視線を移した。やがてゴヤール夫人が教室に入り、鋭いヒールが床を叩いた。机の後ろに座って教科書を整理しながら、彼女の厳しい目が部屋を見渡した。クラスは静まり返った。スニルは先週のことはもう忘れていることを祈ったが、ゴヤール先生は眼鏡を正し、クラスに向かって言った。

「君たちも知っての通り、同級生のスニルが許しがたいことをして同級生を殴った。しかも女の子よ」彼女は鼻にしわを寄せて付け加えた。「もう懲りただろう、スニル。あなた方全員が、女の子を殴ることは決してOKではないということを学んでくれたことを願っています」。

生徒たち、これは社会の何が間違っているのかを示しています。これは、いつか彼が成長したとき、同じことをすることを証明している。君たちは今日、教訓を学ぶ必要があると思う。女の子を殴ってはいけない。

スニルは自分を抑えきれずに声を上げた。「許せない？自分を守ることの何がそんなに許せないのか？喧嘩を始めたのは俺じゃない！」。

教師は机に手をつき、彼を見つめた。″今日は議論したいんだね？家でも両親と同じように振る舞うんだ。家でもそう教わる。すぐにでも会いたい。

「いいえ！私はただ、なぜ何の結果も伴わずに殴られるのかを理解したいだけだ」。

「そんなことは言ってないよ、スニル。誰も人を殴ってはいけない。すぐに座れ！」。

スニルは従ったが、その顔は不当な行為への怒りで熱くなっていた。クラスメートは自分の席に座っていた。誰も笑ってくれなかったし、話しかけてくれなかった。

*****

スニルは休み時間、中庭の静かな一角で、クラスメートたちから離れ、学校の不公平さからも離れ、自分ひとりで座って過ごした。彼は、先週クラスメートとしたケンカや、教師とのディスカッションを再現し、自分が勝利した議論やシナリオが頭の中を渦巻いた。雲がゆっくりと空を通り過ぎるなか、彼の両手は無心に足元の草をむしっていた。ここから出て、何かをすることができればいいのだが. . . . . . あの息苦しい教室に何時間も座り続けるよりはマシだ。

彼は家に帰りたかったが、家もまた、彼にとって安らぎを見出す場所ではなかったことを思い出した。このような扱いを受けるのは、男として初めてのことではない。一度だけ彼女の妹とケンカして、ひどく泣いたことがある。母親はこう言って彼を慰めた、

母：「男の子は泣かないのよ、いい？

スニル「でも、どうして男の子は泣かないの？

母：「彼らは強く、力強くなるように意図されているからね。

細切れの草を地面に投げ捨て、辺りを見回した。同級生たちの叫び声と笑い声が中庭に響きわたり、まるで彼を嘲笑うかのようだった。しかし、別の音が彼の注意を引いた。歩道をコツコツと歩く靴音が騒音を切り裂き、刻一刻と近づいてくる。

それが誰であろうと、彼らは角を曲がるところだった。スニルは拳を握って立ち上がった。おそらく、あの朝会った先輩の女の子が、また彼をバカにしに来たのだろう。しかし、今回は準備ができていた。階段が近づいてきた。

さあ、行こう。

階段はコーナーのすぐ後ろにあった。スニルは拳を強く握りしめたが、驚いたことにその相手

は同級生のエシカだった。彼女は彼よりも背が低く、髪は三つ編みでひとつに結ばれ、制服とスカートはきちんとアイロンがかけられていた。彼女は彼の前で立ち止まり、不思議そうに彼を見つめた。スニルは落胆の表情を浮かべながら、リラックスしていた。エシカ彼女は今、何を望んでいるのか？

「やあ、スニル。どうしてそんなに硬いんですか？

彼は首を振り、座り直した。「理由はない。ゴヤール夫人の使いか？

″フム、ノー″

「それで？グループ課題？終わったらメールするよ」。

「いや、別のことなんだ。キックボクシングが好きなのは知っている。私とスパーリングをしていただけませんか？

また始まった、彼を困らせようとする女の子。スニルは苛立ちを爆発させた。

「女の子とは戦わない。私に尋ねるのはやめてくれ。先週は事故だった。

「冗談じゃないよ。君が戦えることは知っている。キックボクシング部にも入っているんだ。

スニルは再び彼女を見つめ、腕と脚に目を走らせた。彼はジムで彼女を思い出そうとした。

「えっ、本当ですか？ジムであなたを見たのは初めてです」。

「そうだ。まあ、正式に参加したわけじゃないけど、参加したようなものだよ。トレーニングしてきたんだ。

スニルは少し考えた。しかし、考えれば考えるほど、エシカが真実を話していると確信した。それでも彼は慎重に答えた。

「僕とボクシングがしたいんだね。どうして？

″ただ、面白いと思ったから″

スニルは数秒間沈黙し、それから答えた。「わかった。いつ？

「いいえ、放課後です。入り口で会おう。ある場所を知っている」。振り返って立ち去る前に、彼女は彼の目を見た。「カシュヴィのことは正しいことをしたと思う。歯には歯を。

「またね

「またね

スニルは彼女が歩いていくのを見送りながら、スカートに半分覆われたふくらはぎと、まっすぐ伸びた肩に、ある種のたくましさを見た。本当にそうだろうか？いや、女の子はボクシングをしなかったよね？

*****

その日の残りの時間は、それ以上の事件もなく、ゆっくりと過ぎていった。スニルは数分おきに先生の後ろにある時計に目をやったが、細い針はほとんど進んでいなかった。ようやくベルが鳴ると、スニルはみんなが帰るのを待って、ランドセルとスポーツバッグを手に取った。エシカと一緒に出て行くところを人ごみに見られたくなかったのだ。

スニルは学校の入り口を出たところに立ち、クラスメートを待った。知り合いに見られるかもしれないと、入り口から中庭まで目を走らせたが、中庭には数人のはぐれた生徒がいるだけで、閑散としていた。やがてエシカがビルから出てくるのが見えた。制服はトラックスーツに着替え、肩からスポーツバッグを下げていた。彼はこんな彼女を見たことがなかった。通常、彼女は他の女子生徒と合流し、多くの制服生徒の中の一人となる。

彼女が近づいてくるまで、彼は目で彼女を追った。

「やあ、スニル。いいかい？

「そうだね。どこでスパーリングする？

彼女はぼんやりと彼の背中を指差した。「ある場所を知っている。こちらです」。そう言って、先を歩き始めた。スニルは、もう彼女に何を期待していいのかよくわからなくなっていた。

彼女の先導でジャイプールの混雑した通りを抜け、カップルが手をつないで歩き、犬や子供たちが走り回る公園へと向かった。エシカはおしゃべりをし、スニルはそれについていくのが精一杯だった。これは罠のようには思えなかったが、それにしても何だったのだろう？彼は彼女がキックボクシングをやっているとは信じがたいと思った。スニルはそれを強く疑っていた。

フープはボードにゆるく取り付けられていたが、長年の錆に蝕まれ、今にも倒れそうだった。エシカはひび割れた舗道にバッグを落とし、スニルも同じようにした。彼はバッグをあさり、ボクシンググローブとすね当てを取り出した。結局、彼女は本当にボクシングをやりたかったわけだ。スニルはヘッドギアをバッグに入れたままだった。彼女にはその必要はない。

しかし、彼が振り向いたとき、彼女のトラックスーツは地面に転がっており、ショートパンツに上半身裸、手袋とヘッドガードはすでに装着済みで、足取りは軽やかだった。彼女の脚は動くたびに筋肉で波打ち、肩幅はいつもより広く見えた。スニルは一瞬彼女を見つめ、落ち着きを取り戻した。エシカは破れた。どうして気づかなかったんだ？

エシカは拳を突き合わせて微笑んだ。「行こう

彼は彼女に頼むことはできなかった。

「わかった

スニルはガードを固め、彼女のほうに近づいていった。最初のダラダラとしたジャブは、彼女の頭上をかすめた。スニルはすぐさまもう一発放ったが、これもエシカがかわした。しかし、スニルはすでに膝を蹴っていた。

同級生のガードの隙を狙って飛び退いたが、隙はなかった。

エシカは再び突進し、右足が彼の足首に当たりそうになった。エシカはすぐさま後ろに飛び退いたが、エシカは腹に低いパンチを放った。

スニルは力を入れすぎないように注意しながら、一気に彼女の顔面にジャブを放ったが、エシカは簡単にかわした。

彼女はまだガードを高くしたまま、飛び退いた。「どうしたスニル？もっと強く殴れないのか？

スニルは汗がシャツを濡らし、肌に張り付くのを感じた。彼は今、変わらなかったことを後悔している。

「ウォーミングアップだ

しかし、エシカはすでに突進していた。スニルはギリギリのところで反応し、ヒザ蹴りを避け、さらに無防備な腹にジャブを放ったが、これはスニルがかわした。彼女の攻撃方法は一つしかなかったのだろうか？彼女の経験が浅いことは明らかだったが、そんなことは問題ではなかった。次に彼女がこのような攻撃を仕掛ければ、スニルはカウンターで試合を終わらせるだろう。

と思った瞬間、エシカが追いかけてきて、彼女の足はすでに彼の膝を蹴ろうと構えていた。スニルは彼女の攻撃をかわし、パンチで追い討ちをかけようと前進したが、その瞬間、何かがおかしいことに気づいた。

私のガードマンだ。低すぎる。

手袋をはめた手は腰のかなり下にあり、来るはずのない腹へのパンチを防ごうとしていた。彼は、エシカの足が以前とは違う姿勢で、高いパンチの準備をしているのを見るのが遅すぎた。

クソッ。

その一撃は彼の側頭部にヒットし、脳に衝撃波を走らせた。スニルは周囲の状況を把握しようとしてよろめいたが、まともに見ることはできなかった。パンチが腹に当たり、息が詰まった。

スニルは落ちた。上空は雲で重く、彼は地面に叩きつけられた。彼はこのことを誰にも話さなかったことを喜んでいた。

「大丈夫か、スニル？

「ええ、ええ。いいパンチだ。ヘッドギアを取ってくる」。

着替えてヘッドギアを締める頃には、エシカの準備は整っていた。彼は警戒を強めながら、彼女のほうへ歩いていった。今度こそ、彼は遠慮しない。

ようやく彼らが立ち止まったとき、スニルは数時間経ったことを確信した。腕と肩は痛く、足は打撃のしびれを感じていた。携帯電話を見て、背筋に冷や汗が流れた。トレーニングの様子遅刻寸前だった！

「エシカ、もう行くよ。明日の授業で会おう。そしてよく戦った″

「あなたもね。来週の同じ時間に再戦はどうだ？″彼女は笑顔で付け加えた。

スニルは少し考えた。″ああ、なぜダメなんだ？″そして、運動で筋肉痛になりながら、その場を後にした。

*****

日が経つにつれ、エシカとの試合はすぐに彼の頭から消え去り、山のような宿題と出席しなければならない授業に埋もれていった。廃墟と化したバスケットコートで本当にスパーリングをしていたのか、それともすべてを想像していただけなのか。

エシカはいつものように静かな様子で、スパーリングを続けるという約束については何も言わなかった。一方、スニルは彼女に近づかなかった。あるいは、もっと悪いことに、みんなの前で彼をからかっていたら？スニルはエシカを見たが、エシカは教科書に目をやり、彼に気づかなかった。彼女は、彼がスパーリングをした相手とはまったく別人のようだった。

彼女は殴られたり、反撃されたりすることを気にしなかった。もっと多くの女の子がそうであれば、反撃しても罰を受けることはなかっただろう、とスニルは思った。結局のところ、もし女子が男子と同じようにハードヒットするなら、差別する理由はないだろう？

ゴヤール夫人はいつものように心理学の本を両腕に抱えて部屋に入ってきた。スニルは居眠りしないように必死だった。しかし、ゴヤール夫人は耳をそばだてるようなことを言った。

「これが定義だ。性差別やジェンダー差別とは、人の性別に基づく偏見や差別のことである。性差別はあらゆる性別に影響を及ぼす可能性があるが、特に次のように記録されている。

女性や少女に影響を与える...そうだね、スニル？質問がある"スニルは手を下げた。クラスメートが席を移動し、背筋を伸ばして聞いているのが聞こえた。

「お嬢さん、最後の部分は本当に必要なんですか？つまり、性差別は男女を問わず、すべての人に影響しないのだろうか？そう言うと、スニルはゴヤール夫人の目がわずかに怒りに膨らんだのを確信した。彼女は教科書を置き、彼の目をまっすぐに見た。

「スニル、あなたは作者がミスを犯した、この部分を書くべきではなかったと言いたいんだね。わが国の多くの少女たちの運命を知っていますか？自分で選ぶことができず、時には出産すら許されず、性別が違うだけでどの仕事でも給料が低いことを知っているのか？どんな感じかわかる？明らかに違う。彼女の口調は最終的なもので、この問題にきっぱりと決着をつけたかのようだった。しかし、スニルはあきらめようとはしなかった。

「性差別は男性にも影響する！自殺率は高く、最も危険な仕事を引き受け、家族を養い、すべてをこなすことを期待されている。

「女性が経験しなければならないことを無視するのか？

「いいえ！でも、男性は不当に扱われている！」。

「スニルのことは理解している。よくわかったよ。これは先週のことだね。もう話したし、最後だから言うよ。もうこれ以上聞きたくない！さあ、座れ！」。

スニルは座ったが、何が起こっているのか理解できなかった。なぜ女の子とケンカすると男らしくないという証明になるのか。彼が音楽を選んだのは、男子の中で最初にダンスに興味を持ったため、教師がダンスを習うことを許さなかったことと、女の子らしいことを考える彼に友人たちがブーイングを浴びせたからだ。彼はクラブに行かないことを選んだ。

なぜ彼は、誤って女の子を倒してしまったときに怒りに直面するのか。会社で疲れ果て、立っているのもやっとの状態なのに、なぜ自分より臓器が脆弱だと思われる人間に席を譲れというのか。

バッグを持ったり、ドアを開けたり、椅子を押したりするのが男だからだ。なぜあなたの平手打ちは間違っているが、彼女の平手打ちはあなたに怒りの問題があることを意味するのか。
なぜ泣いてはいけないのか、なぜ私たちの感情は傷つくものであり、男のすることではないから文句を言ってはいけないのか。なぜ男は泣いてはいけないのか、と。

彼は先生が言った「この社会はどうしたんだ」という言葉の意味を理解した。社会は平等と正義を区別することができず、だから女性を力づける唯一の方法は男性を無力化することだと考えている。

私たちの行動は女性を差別しているが、私たちの思考は常に男性を差別している。緊張のあまり、壁に頭をぶつけたくなった。

*****

エシカとのスパーリングの日は間近に迫り、スニルは彼女が約束をまったく覚えていないことに疑問を抱くようになった。ベルが鳴ると、スニルは再び皆を教室から出させ、アニルに言い訳をして正門で待った。彼の胸は高鳴った。もし彼女が来なかったら？もし彼が日付を間違えていたら？

しかし、エシカがすでにトラックスーツ姿で学校から出て行ったので、彼の心配は打ち砕かれた。彼女は彼に手を振った。スニルは安堵の表情を浮かべた。

「おい、エシ、大丈夫か？

「ああ、行こう。いつもの場所″

公園に向かって歩きながら、スニルは足取りが軽くなった。しかし、その前にエシカに聞かなければならないことがあった。

「ゴヤール夫人が今日言ったことを聞いた？

「そうだね。一理あると思うよ、スニル。でも、もう少し言い方に気をつけたほうがいいよ」。

「ああ、でも君はそう思う！彼女が言ったことは平等じゃない！″

「ええ、わかっています。それでも、クラスの半分に自分の信念のために嫌われないようにするのが一番だ」。

「ふむ。努力はするけど、約束はできない。始めよう

数週間が経ち、エシカとのスパーリングが続くと、スニルは気分がかなり変わっていくのを感じた。彼は概して幸せで、より意欲的だった。エシカと一緒なら、自分が気にかけていることを話すことができ、彼女はそれに耳を傾け、コメントしてくれる。二人のスパーリングは肉体的なものだけでなく知的なものとなり、二人の関係はますます親密になっていった。彼はクラスのこと、平等についての自分の考えを彼女に話した。二人の会話はさまざまな方向に広がり、エシカは学校でいつも声をかけてくるある男、別のクラスのモヒトのことまで話した。

「本当に？何度彼を拒絶した？

エシカは笑った。「エイトあるいは9人だ。忘れてた」。

スニルは笑った。″負け犬め″

ゴヤール夫人のもとで、スニルはますます大胆になり、不平等や性差別に対する彼女の厳しい信念に疑問を投げかけ、しばしば叱責を受けた。しかし、スニルは気にしなかった。彼は男女が同じように扱われる真の平等を主張し、彼女の世界観を完全に否定した。

ある日、スニルは校門でエシカが近づいてくるのを見ると、笑顔で手を振った。しかし、彼の笑顔は数秒しか続かなかった。

エシカは頭を低く下げ、いつもの元気な足取りから、足をシャカシャカと動かし、猫背になった。

「エシカ、大丈夫か？

しかし、エシカは彼の目を避け、負け惜しみのような口調で答えた。

「そうだね。行こう」。

しかし、公園までの道中、スニルの不安は募っていった。いつもは饒舌で明るいエシカは無反応で、目は道路だけに注がれていた。スニルは彼女の機嫌を取ろうとジョークを飛ばそうとしたが、彼女は心のこもった笑いを浮かべただけで、また無言に戻ってしまった。

バスケットコートに到着すると、スニルはすぐにユニフォームを着替えたが、振り向くとエシカはまったく着替えておらず、トラックスーツの上にギアを合わせているだけだった。

″おい、それ脱がないのか？″

「いや、今日は寒いんだ。大丈夫だよ」。スニルの心配そうな表情を見て、彼女は付け加えた。″あなたに勝つために2倍努力する″彼女の顔にかすかな笑みが浮かんだが、すぐに抑えられた。

エシカは手袋をはめた両手を高く上げてガードし、スニルも同じようにした。戦う時だった。

ようやく止められたとき、スニルは全身を痛めていた。彼はひび割れた舗道にへたり込み、疲れ果てて空を見た。エシカが近くに座るのが聞こえた。今日の彼女の攻撃はいつもより激しく、乱暴でまとまりのないものだった。しかし、彼のガードをすり抜けたものは、その痕跡を残していた。スニルは荒い息が徐々に安定していくのを感じながら、頭上を通り過ぎる雲を眺めていた。彼は振り返ってエシカを見た。彼は驚いて目を見開いた。

袖をまくると、腕に紫色のあざがあった。彼女はスニルが見ているのに気づき、急いで巻き戻した。スニルは言葉を失った。

〝おい、エシ、腕はどうしたんだ？〞

「何でもないよ、スニル。ドアに腕をぶつけて、その結果がこれだ」。

しかし、スニルは以前に一度、この言い訳を聞いたことがあった。彼は目を細めた。

「誰にやられたんだ？

エシカはため息をついた。「スニル止まれ。事故だったんだ。

スニルは彼女の言葉を信じなかった。〝モヒートだったよね？〞

エシカは数秒間沈黙し、耳をつんざくような沈黙がスニルにすべてを伝えた。彼は何を言えばいいのか、何をすればいいのかわからず、激しい感情が彼の中でかき乱されながら、目をそらした。エシカを見ると、静かな涙が頬を伝っていた。彼女が話すと、その声はやわらかく、押し殺した嗚咽で途切れていた。

「彼はもうノーとは言わないと言った。また断った。彼は私を攻撃した。彼女の言葉はスニルに突き刺さり、彼は何も言えなかった。エシカの口からは、途切れ途切れの文章があふれ出た。「自分を守ることしかできなかった。まともに動けなかったし、まともに反応することもできなかった。

そしてその瞬間、スニルは彼女の涙が悲しみの涙ではなく、無力な自分への屈辱であり、誰もが平気で攻撃できるほど無力な自分への屈辱であることに気づいた。

「あんなクソガキにこんなことされて、トレーニングの意味があるのか？彼女は腕を上げた。

スニルは怒りに声を荒げて立ち上がった。「明日、彼と話してみるよ。

「スニルそうする必要はないと思う。トラブルに巻き込まれる出場停止か、それ以上の処分が下されるだろう」。

え？なぜですか？彼は殴られて当然だ」。

「スニル私の戦いにあなたは必要ない！私は他人から守り抜くためのあなたの女じゃないのよ、いい？エシカの声は張りつめていた。

″このまま見過ごすわけにはいかない″

「理想はどうしたんだ、スニル？みんなを同じように扱うというのはどうしたんだ？

″わかってないよ、エシカ″

「わかったよ、スニル。君はこの辺の少年たちと何も変わらない。あなたが説教するのと同じように、あなたも同じだ。私のためにモヒートと戦わないでくれ。誰にも知られたくないんだ。

そう言うと、彼女はバッグを持ち、彼をバスケットボールのコートに置き去りにした。

*****

その夜、スニルはベッドに横たわりながら、千もの考えが頭の中を駆け巡った。エシカの落胆した顔が目の前を泳いだ。彼はまた彼女のあざを見て、静かな怒りを爆発させた。友人をそんなふうに扱わせるなんて、彼はどんな人間なんだ？それに、彼はアニルや他の親しい友人にも同じことをしただろう？エシカは間違っていた。彼女が女の子だからではなく、二人の距離が近いからそうしたのだ。

しかし、考えれば考えるほど、彼は納得できなくなった。心の奥底では、いくら抑えても、エシカに対する義務感が湧き上がってきた。自分が男であると思いたければ、女性を守れと言われ続けてきた経験によって、心の奥底に植えつけられたものだ。そして、スニルがどんどん深い眠りに落ちていくにつれ、自分が行動しなければ生きていけないことを悟った。彼はその考えを嫌っていたが、男としての条件付けからは逃れられなかった。

翌朝、目覚めたスニルは落ち着いていた。着替えを済ませ、簡単な朝食をとり、ランドセルを受け取った。一瞬のためらいの後、彼はキックボクシングのバッグも手に取った。

学校までの道のりは短く、頭の中は目の前の階段のこと以外には何もなかった。車のクラクションや売り子の叫び声は、自分がしようとしていることの結末を考えることでかき消された。しかし、彼は気にしなかった。何もしないで見ている方が悪い。

すぐに教室に入ったが、先生の話し声は彼には理解できなかった。休み時間のベルが鳴ると、スニルは立ち上がり、ボクシングの道具を置いてドアから出て行った。モヒットは必要ない。素手の拳のほうが、より大きな傷跡を残すことができる。アニルの心配そうな目が、彼を見渡した。

「おい、スニル？どこへ行くんだ？

〝バスルーム〟彼は嘘をついた。〝すぐに戻る〟

しかし、アニルは動じなかった。「スニル、エシカから事情を聞いたよ。まず先生に言うべきだ。

"私があの野郎を殺す前に、先生を捕まえた方がいい"そう言うと、彼は友人を押しのけて外に出た。目の端に、アニルが先生の部屋に向かって走り去るのが見えた。

スニルは校内を歩きながら、隅から隅まで、廊下から廊下まで、モヒットがいないか目を光らせた。彼はどこにいた？あの野郎はどこにいた？

そこだ。

モヒートは数人の友人たちと中庭の片隅にいた。彼らは彼の言ったジョークに笑っていた。スニルは彼のためにまっすぐ歩いた。一行はゆっくりと彼の存在に気づき、振り向いた。彼らの無表情な視線は、何が起こったのか、彼が何者なのか、何も知らないことを物語っていた。その憎悪に満ちた顔が、彼の姿を見て笑みに歪んだ。

"やあ！これを見てくれ！女叩きのスニル！"

しかし、スニルは侮辱など気にしなかった。彼はモヒートの前で立ち止まった。「エシカにしたことの報いだ。スニルはモヒトが目を見開いて驚いたのを見た。まるで自分の行動が結果をもたらすとは思ってもみなかったようだ。

そして少年が反応する前に、強烈なパンチで彼の目を殴った。スニルはモヒトが反撃に出ることを予期していたが、モヒトは突然の攻撃に完全に唖然として後ずさりしただけだった。彼はモヒットに突進し、友人たちが仲裁に入る前に、さらに彼の顔を2発殴った。

彼は蹴りとパンチの嵐を四方八方に放ち、その数だけパンチを受けた。モヒートの意識不明の体は床に散乱し、友人たちが彼の上にかがみ込んでいる。

強い手が2人を引き離した。教師や少年たちが現場に殺到した。スニルは混乱の中でゴヤール夫人の顔を見、アニルはモヒトの友人の一人を顔面パンチで撃退した。

スニルはまだもがいており、強いグリップで再び戦いに加わるのを止めていた。彼は横に引きずられた。

「行かせてくれ！殺してやる！″

「すぐに止めるんだ！さもないと退学させるぞ！″

突然、彼はもうケンカの最中ではなく、とても怒っているように見えるゴヤール夫人の前にいた。スニルの腕は下がり、戦意は完全に消滅した。

「校長室で今だ！″

両腕は彼を解放し、スニルはゴヤール夫人の後を追った。やがて中庭の騒ぎは消え去り、床を踏む靴音だけが聞こえてきた。試合の興奮が冷めると、スニルは自分のしたことを思い出した。彼の将来は、おそらく今、ボロボロだった。彼は退学になり、学校から追い出され、社会から追放される。

スニルは校長室ではなく、思いがけず医務室に連れてこられ、ベッドに横になってじっとしているように言われた。二人の教師は看護婦に任せた。打撲のために氷嚢が彼の手に押し当てられ、スニルは一人で考え込んでいた。

看護婦が戻ってきて、帰っていいよ、校長室で待っているから、と言うまで、彼は何時間かそこで考え込んでいた。

スニルは、まだ横になっていたのでめまいがしていたが、起き上がり、誰もいない廊下を校長室に向かって歩いた。

ドアをノックすると、数秒後にドアが開いた。ゴヤール夫人は彼を見下ろし、その真剣な目は何の感情も裏切らなかった。

「どうぞ、スニル

スニルは息を呑んで中に入ると、校長を含む数人の教師がいた。

「スニルあなたが今日したことは、とても間違っていた。ご両親にはすでに報告済みです」。

「しかし

シュ最後まで言わせてくれ。この種の行為に対する罰は厳しい。退学につながることもある。知っていただろう？

″はい″スニルは腸が締め付けられるのを感じた。退学になるのだろうか？

「なぜモヒットを襲った？

「サー、私は......」。しかし、彼はエシカのことを考え、もし本当のことを誰かに話したら彼女がどう反応するかを考えた。彼は彼女を巻き込むことはできなかった。″私は...彼は私を侮辱しました、サー″

校長は机に身を乗り出した。「ふむ。なるほど。嘘をつく必要はないよ、スニル。なぜ本当に彼を襲ったのか？

スニルは困惑していた。校長は何か知っていたのか？確かにそうだった。しかし、スニルは途方に暮れ、不安で胃が痛んだ。

「サー、彼は私の友人をはねました。彼は彼女を傷つけた。

スニルはそう言いながら部屋を見渡し、他の教師たちからわずかにざわめきが起こったのに気づいた。ゴヤール夫人の表情がわずかに和らいだように見えた。

校長は再開した。「いいだろう、スニル彼はデスクから立ち上がった。

「言ったように、処罰は厳しいよ、スニル。週間出場停止となる。それだけだ」。

そして、スニルは部屋から廊下へと連れ出された。彼の荷物が玄関まで運ばれてきた。彼は荷物を持ち、出口に向かった。退学にはならなかったのですか？何が起こったのか？

そして出口、学校の中庭に差し掛かったとき、誰かが近づいてくるのが見えた。エシカの厳しい表情が彼を貫いた。彼は彼女に近づいた。

「自分では止められなかった。申し訳ない。彼らは君とモヒットのことを知っている。私は彼らに言わなければならなかった。

そのとき、エシカの表情がわずかに和らいだのが見えた。

「私は彼らに言った。あなたのために」。

スニルは驚いた。「待って、本当に？あれだけ言ったのに？

エシカはため息をついた。″ああ、どうせ止められないと思っていたよ″彼女の表情は相変わらず厳しかったが、かすかな笑みが浮かんでいた。「ちょっとスパーリングに行かないか？モヒートよりいい戦いができると確信している」。

スニルは心臓が高鳴るのを感じた。「本当に？ええ、もちろんです」。その声は興奮を裏切っている。

「落ち着け、スニル。私はまだあなたを許していない」。

そして、彼らは校門を出た。

****

壊れた家の再訪

毎月、彼は私に手紙を書いてくる。これらの手紙を読むことは、私の毎月の思い出の小旅行の一部になっている。読みたくないように見えるが、そのたびに感情が裏切ってしまう。この手紙を受け取ったとき、私は彼に不安を感じた。

ルパへ、

私たちが出会った日のことをいつも思い出してしまう。ベッドに入るたびに、まるであなたが私の耳元でささやくように、今はもう遠い昔の夢を見させてくれる。今でも色とりどりに見え、ひとたび目を閉じれば、私はもう一度あの頃を思い出すことができる：子供たちがホールを駆け抜ける音が聞こえ、空が開け、真っ青に染まるのが見え、私たちが初めて恋に落ちたとき、どんな感じだったかを知るために遊んだとき、私の手に軽くポーズをとったあなたの手を感じる。たぶん、それはすべて、私があなたに会いたがっているということなのだろう。

そして、あなたを恋しがっていると、まるで自分の年齢を思い出させようとするかのように、全身が痛くなってくる。半分眠りながら、幼いころの思い出が朝に混じり、私は夢の中を泳ごうとする。学生たちの戯れる波の間を縫って、

私は本能的に自分を探そうとする。もしかしたら道に迷っているのかもしれないし、ソファの後ろにもテーブルにも隠れていないのかもしれない。コーヒーを入れて席に着くと、最初の一口を飲んだ後、子供たちがいないことに気づいた。

「コーヒーはいかがですか？私は自問した。

"お茶はないの？コーヒーは酸っぱくて好きじゃない」。

「じゃあ、少し淹れるよ、ちょっと待ってて」。

飲み終わって、もう一杯のカップを持ってテーブルに戻ると、私は一人だったことに気づき、二杯とも飲まなければならなかった。そうして私の一日は始まった。毎日同じ習慣に従って、次のステップは手紙を書くことだった。でも、あなたを責めることはできない。私があなただったら、おそらく同じことをするだろう。

光は窓ガラスから水のように流れ、私の古い写真に反射し、テレビを見ようとしていた私の顔にぶつかった。何かで気を紛らわす必要があった。今日は体調が良くなかったんだ。もしかしたらもう少し具合が悪かったのかもしれないし、日課から逃れようとして手紙を書かなかったのかもしれない。

数分後、私は立ち上がってシャワーを浴びた。声を出して考えてみると、恐ろしい結論が出た。毎日、まるで世界から離れていくような感じがする。大地が裂け、私だけが世界から切り離された島になるのが見えるようだ。髪から最後の水滴が落ちたとき、私はある選択をした。

親愛なるルパ、私はあなたの夢をたくさん見ています。あなたも覚えていると思いますが、ある日のことです。私は15歳、あなたは14歳で、知り合ってまだ間もなかったが、すぐに仲良しになった。私たちはお互いを本当によく補い合い、あなたは学校で私を助けてくれた--今でも時々、マンダール先生の数学の授業を思い出して震えることがある--。

私たちが夫婦のようだと冗談を言って笑っていたのを覚えている？友人たちはいつも私たちのことをカップルだと考えていたし、ひとたびカップルになれば、それはあまりにも自然なことのように思えた。

もし私が詩人だったら、もっとロマンチックな言い方をしただろうけど、私は私だから、あなたの絹のような髪を、私が愛撫で飛び込んだ海のように、あなたの深い緑色の瞳を. . . 私は詩人ではないけど、その瞳は今でも私にとってとても意味のあるものだ。

ノスタルジーは、感情というより、どこか病気に近い。毎日、逃れられない孤独のなかに分け

入っていき、溺れそうになる。そしてまた、なぜまだこんなことをしているのかと自問する毎日だ。それはすべて、私があなたを知っているからであり、私たちが一緒に過ごしたこの時間がまだ意味を持つことを知っているからだ。

お茶を飲んで、好きなジャレビを買って、しばらくおしゃべりして、何でも聞いてあげるよ。今までの関係をすべて忘れる必要はない。僕は簡単に忘れることができないような悪いことをたくさんしてきた。でも、僕はもっといい男になろうと努力している。次に私たち全員が会うのは、誰も涙を流さない葬式になるのではないかと心配している。

ルパ、一人でいることがどんなことかわかる？かつては私たちの家だったこの場所で、ヒルは今もあなたと暮らし、ディーパックは毎週あなたを訪ねている。今、猫を飼っているそうですね。やっと念願のペットが飼えてよかったですね。動物が嫌いな私もペットを飼いたいと思っていたんです。

静寂は内省と静寂に最適だと何度も言ってきたのに、静寂に沈んだ家はまったく快適ではない。この静寂を消すために、私はいろいろなことを試してきた。テレビのボリュームをできるだけ大きくして、何の目的もない商品のコマーシャルを延々と聞く。まるでグランドピアノのタイルを弾くように、テーブルをたたく。

何年も前のことを思い出したくないし、自分の年齢も思い出したくない--この病気は私を実際よりも老けさせているような気がする--。正直なところ、私はいつも自分に冗談を言って、昨日別れた。だから、また来てね、ルパ。私はまだあなたを愛している。

毎朝、あなたはささやくけど、夜は叫ぶ。私の部屋の外では、私たちの声が混ざり合っているのが聞こえる。あなたは「やめて」と懇願し、私の声はあなたの泣き声をごまかそうとして大きくなっている。記憶から逃れることはできない。あの日、私はあなたの腕を折るところだった。でも、子供たちは怖がって、体を寄せ合い、目を見開いて私たちのところに歩いてきた。

「ただの試合だった私は言った。ヒルの表情は暗くなり、再び私を父親のように扱うことはなかった。

「ママは大丈夫だよね？そして私は彼女を腕から引き上げようとしたが、彼女は抵抗し、前よりも大きな声で泣き、私たち3人を怖がらせた。彼女は傷ついた動物のようで、どんな助けにも抵抗していた。彼女は這って子供たちのところに行き、肩に手をかけて、反抗するように私を見つめた。

"いいか、あれはただのミスだ、誰にでもよくあることだ"私は家族に近づき、息子の頭を撫で、あの時私はキレてしまったのだと断言し、彼らの許しと悲しげな微笑みを期待して、長い抱擁に包まれ、謝罪の言葉を述べようとした。それどころか、ルパは私を突き飛ばし、彼らから離れろと叫んだ。怪物のように見られたけど、怪物なんかじゃない。彼らの非難するような視線は永遠に続き、不愉快な静けさが空気を緊張させた。

「おい...すまない。本当にそうだ。

「モハン、私たちから離れなさい

ルパはよほどのことがない限り、私の名前を呼ぶことはなかった。ゆっくりとドアを開け、去っていった。私は膝をついて、泣かないように最善を尽くした。ルパは子供たちを父親の家に連れて行った。

なぜ私は彼らに従わなかったのか？そのクソみたいなプライドが、何事もなかったかのように立ち止まらせ、足が動かない。誰も守らないのであれば、強さには何の価値もない。

悪夢を繰り返すこのサイクルにうんざりしていた私は、ついにベッドから起き上がり、何か新しいことをしようとした。神経質な興奮に憑りつかれ、私はよろよろと通りに出て、夜の突き刺すような寒さを無視しようとした。

空気を吸うのは針を飲み込むような感じで、一歩一歩が静寂を破るような激しい咳を伴う。だから私は必死になって、決して来ることのない

許しを請いながら走った。私が近づくたびに、彼らは隣の通りへ曲がって隠れた。ある意味、私の過ちは償われたような気がした。もし彼らが背中を向けて、私がどれほど彼らを恋しがっているかを見てくれるなら。

昨夜、突然、温かい波の流れが私にぶつかるのを感じた。私は眠りから覚めた。私の顔は涙と大量の汗の混合物で覆われ、燃えるような雫が体の溝を埋めていた。私は、同じ悪夢が私を追っているのだと気づいた。私はあなたに心を注ぎたい。セカンドチャンスが必要なのに、あなたのところに来る勇気がない。

空っぽの死骸のような私の硬直した筋肉が、痛々しいリズムで収縮した。息ができなかった。ルパ、あなたはそこにいなかった、私の隣に、いつもいた、あなたはこの痛みをどうすればいいか知っている。ディーパックとヒルの部屋のドアをノックしたが、そこにも誰もいなかった。息子は強くて優しい。もし彼がここにいたら、私は床に横たわって息と戦っていなかっただろうし、娘は賢いからすぐに医者を呼んだだろう。

でも、この家には私ひとりしかいないし、ひとりでは気絶してしまう」。

最後の一行を読んだとき、モハンを失うことへの突然の恐怖が私を強く襲い、ベッドに倒れ込んだ。そんなとき、あるジレンマに襲われた。

彼を訪ねるべきかどうか？このままでは、もう彼に会えないかもしれないと思った。まるで映画のワンシーンのような思い出が、私の目に映し出された。彼は私に、人生で最も幸せな日々も最も辛い日々ももたらしてくれた。私はそれに向き合い、私たちの歴史を乗り越えるために最善を尽くしてきたが、モハンはまだ過去に生きているのではないかと恐れている。

それでも、私は1時間だけ、その恐ろしい瞬間を捨てて、彼に会いに行った。私はただ、あんな手紙を書くのはやめろと言いに来ただけだ。その日、床に倒れている彼を見たとき、私の中に何かが湧き上がった。

20年では足りなかったのだろうか？自分が破滅したように、私たちを完全に破滅させて初めて満足するのだろうか？何十年も前に恋に落ちた、あの聡明で親切で無害な少年に何が起こったのかわからない。私たちの喧嘩や話し合いの間、私は誰を見つめていたのかわからなかった。

あの目つきや仕草、顔全体が攻撃的な仮面に変わり、沈黙が危害や暴力となって表れたとき--彼の癇癪で、私たちの結婚式の陶器の皿が何枚失われたことか--、あれはモハンではなく、彼があれほど憎んでいた父親の反映だった。私が彼を救ったのだと彼が何度も話してくれたが、皮肉なことに、結局彼は彼と同じようになってしまった。

私の夢の中ではまだ若々しかった愛しいモハンが、私をひどく傷つけた夫のモハンが、そして今は、私たちを故郷に帰したいという強迫観念から生まれた、自分の退廃を認めようともしないか弱く哀れなモハンがいる。

自分が戻ってきたとき、少しうめき声が聞こえた。モハンだった。ドアが閉まっていないことに気づいた。

私の人生のほとんどすべてが起こった場所に戻ったことで、私は少し感情的になり、目からは軽い涙が流れ出ようとし、喉にはほろ苦い味がして、彼の名前を呼んだり話したりすることができなかった。そのため、私の足は故障し、すでに痛みに疲れていると信じていた私の心臓は、モハンを腕の中で強く抱きしめながら、もう一度痛んだ。

"病院に電話しないで..."彼のかすかな声がささやいた。

"モハン..."彼と対面するのは想像以上につらいことで、20年という長い年月の重みが私の肩にのしかかった。

モハンの顔は青ざめ、両手は風に揺られる小さな枝のように震えていた。皮肉なもので、これまで抱いてきた中で最も冷たい身体は、激しい戦いの中で何度も私を傷つけ、溺れさせたのと同じ重さなのだ。

私は彼をソファーに引きずり込み、リビングルームが汚れていることに気づき、ウールの毛布（古くて肌触りが悪かったが、私が縫ったのを覚えている。

残酷な話も感動的な話も、たくさんの昔話を思い出すのに十分な時間があった。

時間をつぶすためにリビングルームを掃除した。かつては申し分のない家だったのに、埃が舞っているのが少し気になったが、ひとたび掃除を始めると、すべてが機械的に感じられ、長い間忘れていた日常が再び私の中で目覚めた。スープができるまで、私は掃除と家の手入れを続け、私たちの過去に思いを馳せながら適当なメロディーを口ずさんだ。モハンは横たわったまま眠っていた。

まるで彼と話しているかのように。「まだ覚えているよ、モハン、君が泣いているのを初めて見たときのことだ。僕に弱さを見せることを少し恥じて、僕の前で泣き崩れた。オープンしたばかりの映画館でデートをしたんだけど、遅刻してきた君は顔中アザだらけで、その失われた目は一瞬たりとも私を見ることができなかった。

傷つけられたんでしょ？虐待について父親を責めることもできず、ただ申し訳なかったと告白し、映画を観るお金もなかった。その震える声で、あなたが私を必要としていることがわかった。私たちは暖かく素敵な夕食をとり、別々の部屋で寝たが、夜になるとあなたの部屋に忍び込んで抱き合い、あなたの耳元で「すべてうまくいくよ」とささやいた。約束を破っている今の私たちを見てください。〃

寝ているのか起きているのかわからないまま、私は彼とまた面と向かって話す準備ができていないことに気づき、静かになった。まるで冷たい炎が私の心を弄んでいるような、あるいはとげとげした花の茎が全身を包み込んでいるような。

自分の判断に常識が欠けていたことに気づいたとたん、恥ずかしさがこみ上げてきた。自分の家ではない家に押し入っただけでなく、会ってはいけない人に付き添うために、懐かしい思い出や過ごした時間は法的には何の意味もなさない。

もしかしたら私に何か問題があったのかもしれないし、二人とも同じように傷ついていたのかもしれない。私は、彼が理解できないことをつぶやいているのを聞き、彼が目を覚ましたので、突然家を出た。

しかし、去った後もモハンのことを考え、彼にセカンドチャンスを与える可能性を考えていた。そして私は、彼女が寛大すぎることを知っていた。

****

私がヒルやディーパックにアイデアを話した翌日、最初に電話をくれたのはパリだった。少しショックを受けながらも、私は冷静かつ理性的に答えようとした。彼女の甲高い声は電話越しに悲鳴を上げ、大げさな質問やモハンの攻撃で以前起こったことを例として投げかけた。

私はできる限り答えながら、自分が気が狂っていないことをパリに示そうとした。また、誰が彼女に私のアイデアを話したのかも気になった。可哀想なことに、彼女は父親との間にいまだに忘れられない過去があり、ディーパックとは違って、彼を家族だと思うことさえ拒否していた。

「ルパ、まだ一緒にいる？パリは私の注意を引き戻した。

え？ええ、ちょっと考えていただけです」。

「考えるのはやめなさい、そんなことをしても何も始まらない。親愛なる、私たちはあまりにも長い付き合いで、私たちの両親は親友のようなものだった。それに言っておくけど、あなたのあのモハンにはいいところなんてひとつもなかったのよ」。

″何年も前、あなたもモハンを好きだった...″

「過去にこだわりすぎでは？私はただ、あなたが前に進むのを助けようとしているんだ。彼に何度、私と会うことを禁じられたか思い出せる？結婚が早すぎたと感じることがある。サイナやキリにモハンのことを聞けば、私のように彼を尊敬して話すことはないだろう」。

″パリ、切るよ、行くところがあるんだ″

「待て、待て、待て！感傷に浸っていないで、彼が君を自分の家に閉じ込めたことをまだ覚えているかい？そういう人は変われない。それが何週間も続いたんだ、ルパ。彼が君に子供たちに専念してほしかったなんて言わないでくれ。君が就職するから、彼は君が自立することに耐えられなかったんだ！モハンのような人間は、あなたのような人間をコントロールするためなら何でもする。

「行かなきゃ、パリ

″いいよ、さようなら。正しい選択ができることを願うよ″

電話を切り、頭をマッサージした。昨夜はひどい頭痛が治まらなかったからだ。ストレッチをしたり、音楽を聴いたり、30分ほど瞑想したり、ハーブティーを飲んだり、生姜をたくさん食べたりと、いろいろなことを試したが、すべて無駄だった。

息を吸っては吐き、シナモン・キャンドルの香りを吸い込みながら、針で打たれたように頭がドキドキし、張り詰めた息を吐きながら、私は涙で爆発寸前だった。車はようやく止まり、私は安堵のため息をついたが、沈黙も緊張も長くは続かなかった。

パリの電話の後、私は今日娘が私をレストランに連れて行ってくれることをすっかり忘れていた。確かに彼女は、モハンに2度目のチャンスを与えることがなぜひどい考えなのか、その理由をさらに議論したかったのだろうが、私の家族と夕食を共にするという申し出は、断るにはあまりにも惜しいものだった。

私はもっといい服に着替え、すぐに家を出た。私の顔や仕草は娘と同じだが、彼女の声は私が決して持つことのできない力強さと自信に満ちている。

「彼女が泣きながら私の抱擁から離れたので、私は思ったよりきつく彼女を抱きしめた。

「ディーパックが待っている。

″もっとカジュアルに、2人だけの会合になると思っていたんだけど、あなた自身、いつカジュアルになるんだい？″私は冗談を言った。

ヒルはかすかな笑みを浮かべた。「君にはやられた、やられた......君にも弟にも同じ言葉を繰り返したくないから、この方がいいと思ったんだ。あなたの好きなレストランに行くのよ。私が全部払うから、楽しんでね、ママ」。

私たちはヒルの白いトヨタ車に乗り込んだ。結婚生活が続く間、モハンは私をピックアップトラックでどこへでも連れて行ってくれた。ヒルはラジオで音楽をかけながら、私の好みに合わせて少しスピードを出しすぎた。頭痛がぶり返す前に何か会話をしようとしたが、どうやら気を紛らわすと耐えやすくなるようだ。

″なぜ、そんなにも与える気持ちがあるのですか？つまり、嬉しいけど、珍しいことでもあるんだ」。私は言った。

「自分の仕事と、それによって得られるお金、自分で車を買ったり、家族とおいしい夕食を食べたりする自由が好きなんだ。もし父が私たちと一緒にいたら、これらのことは不可能だっただろう。モハンのことであなたが私に抱いている印象は知っている。

数分後、私たちはカフェに着いた。覚えているのと同じように美しいカフェで、ディーパックはすでに中でケーキを食べながら私たちを待っていた。ディーパックはモハンの最も優しかったころの面影を色濃く残している。息子は私に手を振って微笑み、私たち3人はテーブルを共にした......それは私を安心させ、いろいろなことがあったけれど、彼らが信頼できる良い人間に育ってくれたことを喜んだ。私はお茶を頼んだだけで、たとえヒルがもっと食べろと言ったとしても、私はお腹が空いていなかっただけだ。

″彼女はまたやっている″とディーパックは言った。

「何をするんだ？私は彼女の奇妙なジェスチャーが気になって尋ねた。

「彼女のスピーチについて考える彼女はいつも職場でこうしているのだろうし、今はこれが人々のコミュニケーション方法だと信じているのだろう。″

「本当の家族とは何か？つまり、一般的な定義から外れると、それは血縁関係のある人々のグループ以上のものなんだ。例えば、パリ叔母さん。彼女が私たちのためにしてくれたすべてのことの後に、彼女が私たちの家族の一員でないと言えるだろうか？家族とは、信頼できる人であり、自分のことを大切に思ってくれる人であり、つながりであり、本当の関心であり、欠点がまったくない完璧で従順な家という近寄りがたい理想ではない。″

″ヒル、君の気持ちは大切だが...″私は彼女をなだめようとしたが、無駄だった。ちょっと恥ずかしかった。

「どうか、最後まで言わせてください。父親とは、愛情深く親切で、私を支え、私の望みを理解してくれる人のことだ。代わりに私は壁に直面し、自分を表現しようとするたびに、彼は私を彼の考える感情のない人形に押し戻した。もし私が芸術が得意なら、彼は「掃除のような、もっと役に立つことをしなさい」と言うだろうし、もし私が友人を持ちたければ、彼は彼らや彼らの家族全員についてすべてを知る必要があった。その日にパーティーがあれば、一日中延々と雑用をさせられるんだ」。

私が何か悪いことをすると、彼は私の手首を掴み、私をじっと見て、良い妻に成長しなければならないと繰り返したのです」と彼女は続けた。それは私たちの心配ではなく、強迫観念だ！そして今......今の彼を見て、不安定で、壊れて、その過程で私たち全員を傷つけがちな人間じゃないと言ってくれ。自分たちだけでやってきたこの期間、まあ、単純に生活が向上したんだ。母さん、もう苦しまないでほしい。以前のように悲鳴をあげたり、痛みに泣いたりするのを聞きたくないんだ」。

ヒルの手はわずかに震えていて、涙を拭っているのが見えた気がした。

私たちの注文が来てすぐに、彼女はうめき声をあげた。ヒルはウェイターに文句を言う代わりに、マネージャーを探して〞彼女の注文はいつも失敗する〞と個人的に伝えることにした。

「コーヒーのおかわりは？と私は尋ねた。

「それでは何の解決にもならない。問題の根源を見つける必要がある」。

〃コーヒーのことだけを言っているわけではないんだよ？〃彼女はそう付け加え、去っていった。

〃ママ、行こうよ〃

私は少し疲れてため息をつき、ニヤニヤしながら私を見つめているディーパックを見た。私はヒルを一人にしたくなかったが、好奇心に負けてディーパックの後を追った。彼はすでにヒルの車よりいくらか安いが、それでもまだ機能的な車で私を待っていた。

「どこに？

「サプライズがあるんだ。ヒルの番は終わったんだから、今度は私の番よ。

「妹にどう説明する？彼の車に乗ったとき、私は不思議に思った。

「わからない。私はただ、ヒルが私たちを放っておいてくれるチャンスを待っていた。そして私は正しかった！〃彼は笑った。

ディーパックは話し続けていたが、私はもう気にしていなかった。古い映画館は閉館し、通り全体は数年前の面影はなかったが、太陽は相変わらず明るく輝いていた。数組のカップルが手を引かれながら歩いており、あらゆる店や小さな屋台を歩き回っていた。信じられないほど緊張し、感情的になり、手が震えていることにさえ気づかなかった。

「私は彼にチャンスを与えたいのかもしれない。このことはヒルには言わないでね。

″なぜこんなことを...？″私の声は少し折れた。

「ヒルと同じように、私も苦しんだ。私が彼の意思に逆らおうとすると、彼はいつも私を殴った。家族を選ぶことはできないし、変えることもできない。本当のところ、どっちの味方ということはない。

モハンは外で私を待っていた。ベンチに座り、雲を見ながら目をそらし、間抜けなふりをしようとしていたが、彼の不安げな視線はいつも私に戻ってきた。胸が痛かったが、もう彼から逃げられないと悟った。モハンと向き合い、彼について最後の選択をする以外に道はなかった。

しかし、彼に辿り着くまでには予想以上に時間がかかった。まるで時間がそのペースを変え、私たちはその気まぐれの中に閉じ込められているかのようだった。これが、私が取るべき最悪の選択に対する世界からの最終警告なのか、それとも幸せで平穏な日々を送るために乗り越えるべき最後の苦難なのか、私には理解できなかった。

ある意味、月が太陽と結ばれているように、私はモハンと結ばれているのだと気づいた。私たちは出会った瞬間から呪われ、崩壊を互いへの必要性と勘違いしていた。しかし、誰かの最悪な面を見た後に残るものは、借金ではないだろうか？歩きながら、あるいはつまずきながら、あるいは彼に流されながら、私はそう自分に言い聞かせようとした。

もし彼がまだ変わっていなかったら、私はどうすればいいのだろう？自分を誰かに捧げることを選んだ。それが私にとっての愛であり、無の境地に飛び込み、ある特定の誰かが自分の欠片を見つけて、結婚して穏やかな生活に戻してくれるのを待つことなのだ。モハンはその代わりに、私と子供たちをさらにバラバラにすることにした：彼が自責の念に駆られ、家族を取り戻すことでしか報いることができないことを私は知っている。

″かなり長かった″と言うのがやっとだった。

モハンはぎこちなく私の手を挟み、強く握りしめた。

″ありがとう...私は同じ物語に関わりたくない。私を見つけたとき、あなたが何をしたか知っている」。

「他に何ができる？あの日、私は私たちの間のすべてを終わらせようと思っていたんだ。あなたの手紙にうんざりしていたのは認めるわ」。

″ああ″彼は重いため息をついた。私は彼の隣に座り、別の視点から彼を理解しようとした。たぶん、家族からも世の中の変化からも裏切られていると思っていた男として、私は数日前、彼がまだ過去にとらわれていると自分に言い聞かせた。私はモハンがどんな人物か、他の誰にも理解できないほど知っていたが、それでも何年経っても、彼は私に感動を与えてくれた。

″それで、これからどうするんだ？″モハンは続けた。

「一人でいるのがそんなに怖いのか？あなたがしたことはすべて......″

「私は愚かだった。私は欲しいものをすべて持っていて、それを失いたくなかったから、みんなが近くにいてくれることで、お互いに依存し合えると思っていた。そうではなかった。

「あなたはディーパックに深いトラウマを残した。モハン、我々を取り戻すために何をするつもりだ？

「あなたは家に多くのものを忘れていった。あなたにとってはどうでもいいことかもしれないが、時が経つにつれて、それは私にとって大切なものになった。写真や本、おもちゃ、安物のイヤリングなど、大切に使ってきた。掃除や料理の仕方も学んだよ。暇さえあれば、みんなのことをたくさん考えてきたし、送った手紙は正直なものだし、もっともっとみんなに言いたいこと、考えていることがたくさんあるんだ。でも今、私はあなたの隣に立っているのに、何も話すことができない。ジョークに違いない」。

「あの日、あなたは死んだと思った。モハン、たとえ認めたくなくても、君は僕の過去なんだ。あなたの葬式で、彼らはあなたのことを何と言うだろう？あなたは悪魔で、私はあなたの虐待に陥った哀れな犠牲者だった。私なら耐えられない。あれは嘘だ。私たち2人は、今のような人生を送るためにあらゆる選択をした。私たちは一緒に成長し、いろいろなことを経験した。もう二度と会うことなく人生を終えるのはもったいないと思わないか？

「ルパ」と、まるで私の名前が貴重なものであるかのように彼は話した。モハンは泣いていた。

私は立ち上がり、閉館した映画館へと歩いた。彼は静かに後に続いた。一瞬だけ、モハンと私しかいなかった昔のような、混乱した感情と興奮に満ちた時間が私たちを結びつけたような気がした。

何年も経った後、自分の人生がどうなっているか想像もつかないと思うけど、モハンがそこにいることは確かだと思う。あの若く無邪気なルパがいなくなっても、私はまだ彼女の一部を感じることができる。

「この場所を覚えているか？とモハンは尋ねた。

「簡単には忘れられない。私たちの結婚もそんな感じだったんじゃない？私たちはお互いを理解することなく、一緒にプレーした。まだ名誉挽回できると信じているが、今度は私を傷つけないと約束してくれ、モハン"

それに対して彼は微笑んだが、その表情はしぐさひとつ変わっていなかった。

"私の居場所を知っているわね、家で待っているわ"

私たち家族は、同じではないにせよ、徐々に元気を取り戻していった。最初の頃は特に辛かった。夫を受け入れるという私の選択に賛成してくれない人も多かったけれど、私たちはベストを尽くし続けた。

古い家での夕食が日常になり、そのうちにヒルでさえ父親の懺悔を受け入れて私たちのところに来てくれるようになった。モハンは私たちが初めて恋に落ちたときと同じように優しく、彼が眠っているときはいつも、今はもう遠い昔の思い出を耳元でささやく。

****

完璧な着陸

時は3172年、銀河の改革は間近に迫っていた。探検家たちは重要な仕事を任されただけでなく、宇宙の再構築に不可欠な仕事でもあった。当社によって発見された多くの惑星は、今や人類の生産力の一部となり、私たちの道を宇宙へと導いている。

しかし、今回は何かが違った。宇宙から見た惑星は、地球のような空気を放っていた。この惑星の長い水面を反映するように、多くの青い表面を持っていた。地球よりもはるかに大きく、人が住んでいる可能性は低い。

スニル・シャルマ機長は10日朝7時に降下を命じた。私たちは問題なく降下し、船は微妙に地面に接し、ハッチが開き、何人かがパノラマを観察するために降りていった。規約によれば、最初に船を降りるのは兵士たちだった。その惑星が敵対的な惑星でないことを確認し、科学者たちが降りてテストを行えるようにしなければならなかった。何を見つけるかによって、残りが必要になる。

プロトコルはその通りに機能し、彼らは第3グループに降りるように指示した。下に降りると、人工呼吸器を外したブロンドの美女が待っていた。

彼女は私を見て、″それは必要ないわよ、サンディ！″と言った。

そう、それが私の名前、サンディ・ロイだ。呼吸器を外して空を見ると、自宅と同じような青空だった。雲の模様は、地上のものとは異なり、ランダムではなかった。デザインされているようだった。彼らは、具体的な事柄を表現する形の中で、質の高さで解明されたしっかりとした線を示した。

その空を見ながら、少女はこう尋ねた。

私は彼女の目を覗き込んだ。彼女の青い瞳は、見るものすべてを照らしていた。彼女が ″何てこと、私たちの船だわ！″と言ったとき、何が起こったのか理解するのに一瞬かかった。

その場にいた全員が目を上げた。最初は誰にも見えなかったが、だんだんと雲が船の形になり、やがて特定の画家が描いたかのように、空に描かれた私たちの顔に変化していくのが誰の目にも明らかになった。

警部はアマンダを見て、″どういう意味ですか、先生？″と尋ねた。

確信は持てなかったが、私は目を離さずに言った。″この場所の雲は、ここに住む人種によって完全にコントロールされているんだ！″と。

私は臨床心理学者であり、文学と美術を専攻し、舞台芸術にも造詣が深かった。

私の仕事は一種の外交官であった。長い間、皆が同じ神を崇拝し、同じ原則を持っていた地上とは異なり、宇宙では状況が変わり、いくつかの種の発展の状況も全く異なる。だからこそ、心理学者、芸術家、社会学者、そして言語学者までもが、遭遇した種族と正確なコミュニケーションを確立するために必要だったのだ。

しかし、このようなこと、このような直接的な挨拶、そして彼の平和的な優位性を示す方法に出くわしたことは、これまでの人生で一度もなかった。

もし彼らがそのように資源をコントロールできるなら、非常に危険な存在になるだろう。私たちがここにいることを知っていることを伝えるために、彼らは何をしようとしているのか？

私は彼を見た。彼の思考は常に紛争に流れていた。軍事訓練を受けていたため、それは理解できる。しかし私には、エイリアンが求めていたのは、友好的な挨拶であり、おそらく彼らがコミュニケーションに使っていた方法だったように思えた。

接触してみないと確かなことはわからないが、彼らのプレゼンテーションのやり方が非常に印象的だったのは確かだ。遠征隊は全員前進した。

「雲をこれほど正確にコントロールできるのなら、天候は完全に彼らの支配下にあるに違いない。つまり、少なくとも第一種の文明を相手にしているということだ」と、私のそばにいたアマンダが言った。

私は彼女と顔を見合わせ、空を見て言った。地上に降り立ったとたんに、どうして我々の顔がわかるんだ？”

彼女は私を見て頷き、その答えがもっと怖かったようだ。その森の中を歩いていると、目の前に建物が立っていた。それは一種の神殿だったが、私たちが知っているものとは違っていた。階段を上っていくと、基壇が間違いなく儀式的な外観を持つ都市へと変化していく様子が見て取れた。

床に敷かれたタイルの上を歩くと、そのタイルが光り輝き、私たちの心身の様相を表していた！妊娠したの！」。

大きなローブを着た背の高い人物が目の前に現れたとき、キャプテンはその意味を理解できないまま目を開けた。彼はただ不思議そうな表情で私たちを見ていた。

彼の肌の色は灰色を帯びていたが、我々と同じような隊形をとるこの変化を見て、恐怖におののいた兵士たちは武器を構えた。彼らの行動を見て、その生き物は立ち止まった。

スニルは事態を察し、前進して言った。

彼は目を瞬かせ、「敵意は必要ありませんよ、船長！私たちの惑星に入るのだ。歓迎します！〃

キャプテンはエイリアンを直視し、彼は微笑みながら顔を向け、私を直視して言った！聴く価値のあるものだ」。

私は怯えながら彼を見た。彼が私の考えていることを知っているなんて信じられなかった。そのとき、私は下のタイルに目をやった。自分の姿が映った。

「キャプテン武器を下げるべきだろう。これらの生き物は敵対的ではない……」。私は言った。

苛立ったキャプテンは私を見て、「バカなことを言うな、ロイ！あなたは彼らのことを何も知らないのに、彼はあなたのことをたくさん知っているようだ。

私は前進し、スニルを見た。その通りです、船長！彼らはすでに私たちのことを知っていて、私たちをこの場所に導いてくれた。もし彼らが敵対していたら、まったく違った展開になるとは思わないのか？

スニルは私を見て、複雑な表情で次の行動を考えているようだった。私はエイリアンを見て、〃もし私が武器を下ろしたら、あなたたちが私たち全員を殺さないという保証があるのか？″と尋ねた。

宇宙人は微笑みながらうなずき、「私たちは暴力的な争いには参加しません。この場所では、自分たちの考えをそのように表現することはできない。

そう言うと、宇宙人は再び私を見て言った。″しかし、あなたは、何か非常に興味深いものを内に秘めている！″

彼が何を言っているのかはっきり理解できなかったが、スニルはそういう言い方は好きではなかった。仮面をかぶったような不愉快な表情で、″いったい何を言っているんだ！″と彼は要求した。

「待って、これは押しつけがましい。私の中にあるものについて話すことはできないし、あなたの名前さえ知らない。この交流にはバランスがない」と私はエイリアンに対して厳しく言った。

宇宙人は私を見て、微笑みながら「バランス」と言った！私には理解できる概念だ。暴力など時代遅れのものもあれば、実験など興味深いものもある。しかし、そのどれもが芸術よりも興味深いものではない......それは我々にはないものであり、それをよく見ることで、より大きな進化への足がかりとなるのだ！″

私は彼を見た。彼の言葉には興味があったが、はっきり言って、まだ納得はしていない。

エイリアンが立ち上がった。私はルギナンシャです！私はお客様をご案内し、くつろいでいただき、突然の訪問の理由を理解していただく担当です

隊長は全員に武器を下ろすよう命じた。彼は私を見て真剣に言った！しかし、もし何か問題が起きたら、私はあなたに責任を負わせる。

私は歯を食いしばり、その瞬間に感じた恐怖を押し殺した。彼はいつも私を威嚇するが、今回は彼の不信感を理解することができた。本当に特殊な状況だったし、やみくもに探検するのは賢いやり方ではなかった。すべてが未知数だったにもかかわらず、私たちは宇宙人に従い始めた。どうにかしてお互いにとって満足のいく形で終わることを願いながら。

***

街に入ると、私たちは皆、この人たちに迎えられた。最初はグレー一色だったが、私たちが快適に過ごせるようにと、外見を変えてくれた。

多くの人々にとっては、これは彼の親切の証であったが、スニルにとっては、これは明らかに私たちの信頼を得るための策略であり、私たちを驚かせようとするものであった。彼の考えは明らかに待ち伏せの周辺に響いていたが、大尉

に公平を期すために、彼はそういう仕事をするために給料をもらっていたのだ。

彼らの疑念と戦略的思考は、彼らの仕事内容の一部だった。一方、私にとっては、起こったことすべてが魅力的だった。この生き物たちは私たちに多くのことを教えてくれたが、そのことに気づかれることなく、なぜこれほどの進歩を遂げることができたのかを理解するのは難しかった。

ルギャンシャは私と一緒に街を歩き、彼らが作ったものを見せてくれた。彼女の家の入り口の多くには、人や感情を呼び起こすシンボルや彫刻があり、そのような体外離脱的な表現主義によって完全にもたらされていた。私は、″これらの人物を彫刻する技術をどのように呼び、その意味は何ですか？″と尋ねた。

ルギャンシャは私の質問と私を見て困惑したようだった。彼は、″それらは建物の一部に過ぎず、それ以外の意味はない ″と言った。

私は彼を見て混乱し、「彼女をよく見てみろ」と言った！実際、何も感じないと言っているじゃないか」。

ルギャンシャは彼女から顔を上げると、家の前の彫刻がどのように作られたかを見て、深呼吸をした。

私は微笑みながら言った。そのための芸術活動なのだ。多くの場合、非言語的な表現手段であり、多くの意味を含んでいる」。

ルギャンシャは私を見て、「芸術的？その知識こそ、あなたが持っているもの......私があなたの中に見たものなのです」。

銅像の前で立ち止まると、ルギャンシャがいた。私は〝私たちがフロアに着いたとき、彼らがしたこと、雲の中に顔を突っ込んだこと、あれが彼らの行動ですよね？〟と尋ねた。

ルギャンシャはうなずき、〝私たちなりの歓迎の言葉です〟と言った。

私は彼の様子を見てうなずき、〝そして、なぜそれが良い挨拶の方法だと思うのですか？〟と言った。

宇宙人は私を見て、微笑みながら言った。それがある種の帰属意識を与えてくれる」。

私はそれを見て、微笑みながら「アートにもそういう機能があるんだ！」と言った。

彼は私を見て微笑み、うなずいた。あなたがこの惑星に入ったとき、私たちはそのような知識を渇望していた。あなたとあなたの仲間は自分の意思を示した。暴力的な交流に入るのを避けたいとき、私たちは彼らの心に入り込み、彼らの意図を知る能力を持っている。

そして、「私たちが見たすべての考えは、とても直線的だった！

探検の調査は知識だが、表現の概念は少々複雑だ。あなたが与えなければならないものの多くは、論理の範疇に収まるものではない″

彼を見て、その言葉にどう答えていいかわからなかったが、私はこう言った！そして芸術は、たとえそれが直線的な論理を持たないとしても、首尾一貫した思考と表現形式を維持し、個人がより深くつながるのを助ける。″

ルギャンは私を見て、″アマンダさんのように？″と尋ねた。

彼女は論理的な人で、生物という概念を理解している。私たちがしっかりと発展させてきた概念だ。私たちの医学の進歩を見れば、彼女の興味は満たされるだろう。

考え方が大きく歪んでいる！理屈は通じないし、言いたいことはあるけど、わかってほしいのに聞いてほしくないし、混沌としている。最初は病気かと思ったけど、そういう考えが、あなたも含めて多くの人の中にあることがわかった。″それが何なのか、解明してもらえませんか？

私は彼を見たが、心の中ではすべてがアマンダの方向に飛んでいた。私は微笑みながら、「ルギャンシャの感覚だよ」と言った！私たち人間には、心の状態を規定する、かなり支離滅裂な感情がある"

彼は私を見て微笑んだ。喜び、恐れ、悲しみ。しかし、私たちは進化に集中するためにネガティブな要素を排除している。しかし、あなたはしばしば不安感にしがみつく。

私は微笑んだ。このレースの芸術的な可能性は非常に大きかった。無意識のうちに抑圧された感情を芸術で表現する人種を、私たちはどの調査でも見つけたことがない。彼らはそれを芸術とは知らなかったが、美しい展覧会の中で集団的な感情を表現する彫刻家やダンサーがいなかったので、自分たちを文化と呼ぶにとどめていた。

そんな表情を見て、私とルギャンシャは長い会話を始めた！その感覚は何年も前に払拭した。我々の前進に明確な用途はなかった」。

愛する人が死んだらどうなるんだ？悲しみを感じないのか？

彼は私を見て首を振った。私たちは細胞の劣化を止めた。そのおかげで誰も死なないし、病気や怪我も簡単に治すことができる。本当に最後の別れを迎える必要はない」。

私は驚き、微笑みながら彼を見た。対人関係についてはどうですか？

彼は私を見て言った。そのような感覚がない以上、種の耐久性の前では出産は時代遅れだ。明らかに、私たちはパートナーを失ったり、拒絶されたりする痛みを感じることができない。すべてがコントロールされている。

確かに彼のシステムはかなりバランスが取れていたが、個々の表現が強く制限されていた。ルギャンシャを見て、彼は 〝友達はいるのか？〟と尋ねた。

スマイリーはうなずき、「私たちは皆、友人であり、同胞です」と言った。ある意味、僕らはみんな同じ一族の一員なんだ！」。

私がいなくなったらどうなるんだ？私が持っている知識を学べなかったらどう思う？

ルギャンシャは私を見て、〝複雑な事実だと思うけど、こんな面白い知識を得られなかったら残念だ 〟と言った。

私は微笑み、彼が「失望はスタートだ」と言うのを見た。その失望をどう表現しますか？

彼は困惑した表情で、自分には確かにない感情をどう表現したらいいかを探しているように見えた。そして私を見て、「その質問に対する答えは本当にないんだ。実験が必要なんだ。

それを見て、私はこう言った。

素早く腕のコンピューターを手に取り、個人的なプレイリストにアクセスし、見つけたさまざまな曲をブラウズし、その多くは悲しいものだった。

興奮した者はメロディーに注目した。彼の表情は、彼の中で起こっていることを質で表現することができなかった。音楽のハーモニーの変化は、彼がとらえることのできない感情で満たされ、表現することのできない多様な感情で彼を飽和させ、突然、彼の目は涙を流し始めた。

彼はそれを見て混乱し、「これは魅力的だ！この種のマジックとは何だろう？私の中に入り込み、自分でも知らなかった心の部分を高めてくれる。言葉で表現できない何かを感じるんだ！〃

私は彼を見つめ、微笑みながら近づいた。これは音楽であり、芸術であり、私たちの概念を超えた感情を表現するために人間が使う道具であり、神の存在を説明するためのものであり、あるいは私たちの魂が持つ超感覚的な存在を説明するためのものでもある。自分の知らない側面を持っていて、それを開花させるのが芸術的表現なのだ。建物の中にある彫像は、古代の感情の名残りであり、論理や理屈を超えたものを見せようとするものだ。

ルギャンシャは、私が明らかに混乱しているのを見て、微笑みながら言った。よくもまあ、こうやっていつも気持ちと向き合っていられるものだ！〃

私は首を振り、微笑みながら言った。″私たちはやりながら学び、お互いの長所を生かそうとしているんだ！″

私を見つめながら、彼はこう尋ねた。

芸術を学ぶ可能性のあるレースは前例のないものだったし、それを経験したことのない人の前に立つことで、私は役に立ち、充実した気分になった。

しかし、対立が並んだのは私自身のグループであり、恐怖の前では寛容さが乏しいことを私はすぐに理解することになる。

***

ルギャンシャと長い時間を過ごした後、私は自分のキャンプに戻ることにした。そのつながりは広く、彼に芸術の意味とその有用性を示すことで、私たちの間に強い友情が生まれた。キャンプに戻ったとき、スニルに ″何をやってるんだ、サンディ？″と言われるまで、すべてがうまくいくと信じていた。

私は本当に困惑して彼を見た。プロトコルに反して行ったことを見つけようとしたが、何も見つからなかった。

私は顔をしかめて、″何のことかさっぱりわかりません、キャプテン ″と答えた。

彼はやってきて、″あのエイリアンたちには兄弟意識が強すぎる！″と不快感をあらわにした
。

私は彼が何を言っているのか理解できないまま
、彼を見て言った。彼は宇宙人に親切であるべきではないのか？私の知る限り、私の仕事は彼らとのつながりを作ることであり、私たちが他の何かではなく、味方であることを確認することなのだから！」。

スニルはキャンプ場を歩き回りながら、皆が驚いているのを見て、「彼の情報吸収能力がバカバカしいということがわからないのか？彼らは我々よりずっとずっと進んでいるんだ！」。

私は彼を見て、うなずきながら言った！だからこそ、強い結びつきを確立する唯一の方法はアートなのだ。

スニルは近づいてきて、人差し指で私の胸を叩きながら言った。″君が友達と楽しそうに、女学生のように絵画や音楽の話をしている間に、奴らは我々の情報をすべて盗み出し、我々を破滅させようと企んでいるんだ！″。

私は彼を見て首を振った。私は言った！大げさだと思うよ！″

そう言った後、私は彼の目をまっすぐに見て言った！私たちが着陸するずっと前から、彼らは私たちの意図を知っていた。それが彼らなりの

歓迎の心構えだった。明らかに、彼らは暴力的な紛争には参加しないと言ったが、過去のある時点でその結論に達するためには、そうしなければならなかったのだ。"さあ、自問自答してみてほしい。その技術的能力をもってすれば、彼らが我々を滅ぼしたいと思っていたとしても、とっくの昔にそうしていなかったと思うか？

スニルは私の目をじっと見つめた。彼は、このような優れたエイリアンの前では、遠足での自分の仕事などまったく関係ないのだと、本当に感激していた。

兵士として、誰かが自分の位置を追い越したり、彼らが意図的に攻撃することを決めたりした場合、彼は警戒を怠らず、防衛戦略を立てることに慣れていた。しかしこの状況では、エイリアンたちが我々を排除しようと思えば、至難の努力をする必要はなく、安全を保証するのは、暴力を使わないと主張する彼の知らない生き物の言葉だけだった。

それらすべての考え方が明確な交わりを持つことができないのは明らかだった。そのため、彼はとても動揺して私に会った、と本当の理由を漏らした。

"あれほど優れた存在を前にして、どうしてそんなに落ち着いていられるんだ！"

私は彼を見て言った。「それは弱い人間であることの長所ですよ、キャプテン。あなたと違って、私は常に無防備だ。彼らが私を殺すと決めたとしても、それはあなたが殺すと決めたのと変わらない。でも、私があなたを信頼したように、彼らも信頼することにした！だから私は、遠征隊が出発してもこの惑星に留まるつもりであることをお知らせしなければならない。勉強の幅を広げ、良好な関係を築く必要がある。

キャプテンは私を睨みつけた。私の決断は最終的なもので、それを知った彼はとても怒っていた。明らかに、彼は私の願望の表し方に同意せず、私の肩を持った。彼は言った！でも、そんなことはさせない！」。

私は信じられない思いで彼を見つめた。

彼は私を深く見つめ、首を横に振った。彼は言った！この惑星を危険な惑星に分類し、我が社はこの場所には来ない。

私は憤慨して彼を見た。それは恐怖に突き動かされた決断だった。彼を見て、私は彼に近づき、『そんなことはできない！私たちが彼らから学べることがどれだけあるか、そして彼らも私たちから学ばなければならない。もしあなたがこの惑星をベータにすれば、宇宙で最も凶悪な病気を治療する機会を失うことになりかねない。″偏見に負けてはいけない！″

彼はしっかりと私を見て、こちらを向いた。一瞬前、君は気の利いたことを言ったが、もし私が君の命を絶つと決めたら、君は完全に無防備になる。私に再び挑戦する前に、そのことを覚えておくべきかもしれない。それは私が決めたことで、あなたには何もできない！」。

私は彼を見て、とてつもない苛立ちを覚えながら、″そんなことはできない！″と言った。

アマンダは私を抱きかかえたまま走り去り、「キャプテン！何をしているんだ？

彼は彼女を見て、完全に毅然とした態度でこう言った！私が決断を下したら、全員がそれに従わなければならない。もし、私が決めたことを調べに行くなら、私はそれを反逆とみなす。

彼女は目を見開き、信じられないという表情を浮かべた！サンディの言う通り、私たちの仕事は、この異星人との関係が人類にとって有益かどうかを見極めることだ。彼の恐怖は・・・」
。

「恐怖？怖いか？何の恐怖のことですか、お嬢さん？キャプテンは床を強く蹴って振り返り、アマンダの目をじっと見つめた。

アマンダがキャプテンの目を見ると、彼は完全に不合理に浸っていた。彼は彼女を攻撃すると思った。

私は立ち上がり、キャプテンとアマンダの間に入った。私は ″彼女から離れろ！″と言った。

彼は微笑みながら私を見て、″急に根性が出たね！″と言った。

私は彼を見た。とてつもない偏見の前に、私は「ノー」と言った！私の同僚の仕事を誹謗中傷することも、アマンダに指一本触れることも許さない！特に彼女が正しい時はね！〃

彼女は私を見、私も彼女を見たが、私たちが共有した視線は長くは続かなかった。胃に強烈なパンチを感じ、肺から酸素が抜けていった。私は懸命に空気を吸おうとしていたが、顔面へのもう一撃で地面に倒れ込み、口の中に金属味が現れ始めると、メガネが洞窟の床を転がった。

私はかなりの量の血を吐きながら立ち上がろうとしたが、キャプテンの足裏が私の肋骨を押し、仰向けに倒れさせようとするのを感じた。空全体が回転していた。

彼は私の胸に足を置くと、嘲笑うようにこう尋ねた。

彼は自分の権威と私に対する優位性を再確認しただけだった。大切な人の前では無防備で、役立たずだと思った。恐怖で動けなかったし、痛みもあった。

私は歯を食いしばって言った。あなたはただ彼に同意し、好きなだけ私を蹴飛ばし、好きなだけ私に八つ当たりする。もう恐怖を隠すことはできない。

男は私を見て、怒りをあらわにした。そして振り向くと、自分の部下たちが近づいてくるのが見えた。

私の胸から足を離すと、男は一歩下がり、四方を見渡しながら自分の店へと歩き始めた。でも、アマンダが私に近づいてきて、「とても勇敢だったね」と抱きしめてくれた！そしてとても愚かだ...二度とあんなことはするな！″

私は微笑んで彼女を見、立ち上がるときにうなずいた。私は「私が言ったことは本当だ！私はこの場所にいて、彼らの芸術に対する見方を理解し、私たちのやり方を教える必要がある。アマンダ、彼らはすべての病気を治すことができる」。

彼女はうなずき、目に涙を浮かべながら、私の顔に手をやりながら言った。人類を助けることができるなら、それは正しいことだ。

私は彼女を見て、彼女の言葉、彼女が私に感じたこと、私が彼女に感じたことを思い出した。私は微笑みながらうなずき、ルギャンシャのことを思い浮かべながら立ち上がった。

痛みはひどかったし、2、3発殴られただけだった。彼が望めば、彼は一瞬で私を殺すだろうが、私の決断は最終的なものだった。翌朝一番で、私は身支度を整え、荷物を持ち、エイリアンの建物に向かって歩き始めた。

アマンダは自分のバッグを持って、微笑みながら私を待っていた。彼女は〝あなたが残るなら、私も残る！〟と言った。

彼女は微笑み、私はうなずいた。彼女を見て、これは私にとって最高の知らせだ、そう思った。チームの他の多くの科学者たちが荷物を見せ、滞在の意思を示したとき、彼らはみな私の考え方に同意し、未解決のままにしておくには人類を助けられることをあまりにも密かに思い、微笑みながら、スニルが私たちの前に現れるまで出発した。

彼は私を見て、ライフルを手にこちらに歩いてきた。彼は言った！今では誰もが、この岩に留まることが良い考えだと信じている。科学者たちを置いて地球に行ったら、私がどうなるかわかる？その安全は私の責任だ。それは私の責任だ。

私は彼を見て、血の味を感じながらも地面に唾を吐きながら言った。

彼は怒りに任せて銃を振り上げ、私の頭に突きつけた。

私はスニルと顔を見合わせ、「ここにいる誰もがキャプテンの任務を理解している。探求するためでも、達成するためでもない。人類の進化を助けるためだ。この種が病気を治し、生活の質を向上させることができるのであれば、その秘密を見つけ、もうひとつの人間的な側面を共有し、支えとなり、彼が持っていない私たちの文化の一部を彼に示すことは、私たちの責任である。″それが、私たちがここに留まることを決めた理由であり、すべての人にとってより幸福な道を放棄する正当な理由がないと感じている恐怖なのだ

キャプテンは私を見つめて怒り、銃を向けたままだった。彼は ″大丈夫だろうか？″と言った
。

彼の質問はとても正直なものだった。そして最後に、彼の目には悔しさ以上のものが見えた。

私は彼が信じていることを信じてみたかった！何か悪いことが起きたら、あなたを頼りにしている！″

彼は私の肩を握り、涙を少し流し、うなずいた
。私たちはエイリアンたちと出会い、彼らのように進化し、私たちの種が普遍的な発展の次のステップに到達するのを助けることができる。

そして私たちは、他のどの種よりも私たちを特徴づけている唯一のもの、つまり芸術という感情を通して存在を表現することで、人間のアイデンティティを宇宙人に示すのだ。

****

ライジング・フォール

大きな警察本部の門を出ると、私はとても弱々しく、疲れているように感じる。残酷な環境で、私は何日も拷問と尋問を受けてきた。

数歩前へ歩くと、最も心配そうにがっかりした姿の母親がいた。彼女は通りの向こう側で高速で移動する車を無視して私に向かって走ってきた。この数日間、温かさと愛情を感じていなかった。

母の車でジャイプールに戻る旅は、いつもより静かだった。この静かさは、ここ数日間、私の身に起こった事件が、私の人生に大きな転機をもたらしたからだ。正直なところ、尋問というより強引な自白だ。

やっと着いた。"No place like home "という古い格言があるように、今日はそれを実感した。私は車庫のゲートを開けるのを手伝い、ママは慎重に車庫に入った。

家の環境を見ると、本当にすべてが変わった。父が亡くなり、私がジャイプールに移ってからは、誰も庭の手入れをしなくなった。

「2階に行って、シャワーを浴びて服を着替えなさい、臭うわよ」とママが怒鳴った(笑)。

シャワーを流れる冷たい水が背筋を震わせ、私の人生を変えた出来事を思い起こさせた。

*****

1996年7月2日、ジャイプールで最も有名なカレッジのひとつに就職するのは簡単ではない。何を期待されているかはもうわかっている。配属されたクラスに入ってみると、生徒たちは皆完璧に着席し、明るく見えた。

マハラジャ・カレッジで教師として働き始めて丸1ヶ月が経った。毎日、他の教師よりも早く学校に行き、朝礼を仕切り、活気ある生徒たちと一緒に授業を行い、教師日報にサインをして帰宅する。

なぜディーパックは毎日放課後、静かに不機嫌に遅くまで残っているのか、この10日間聞いてみることにした。ディーパックは私のクラスのトップで、非常に知的で控えめだが物静かだ。彼のことを好きだったのは、いつも大学生の頃の自分を思い出させてくれたからだ。

私：こんにちは、ディーパック。

ディーパックこんにちは。

私：今日の学校はどうだった？

ディーパック素晴らしいですが、疲れます。

私：それで、ずっと聞きたかったんだけど、どうしていつも放課後に残っているんだい？いつも帰りが遅いけど、どうしたの？

ディーパック父さんがいつも遅くまで迎えに来てくれるんです。

私：どうして彼はいつもそうなの？いつもこうなんだけど、そんなに忙しいの？

ディーパックそうではありませんが、事情があります。

私：どんな状況ですか？シェアしてくれるかい？

ディーパック：そのことは話したくないですね。

私：何でも話してくれていいんだよ、僕は君の先生なんだから。

彼はディーパックを呼ぶと、無謀にも車で走り去った。

家に帰ってから、ディーパックがいつも静かで、来るのが遅く、閉店後の迎えが遅いことや、昨日に引き続いての父親の行動を考えると、どこかで何かが間違っているような気がしてならなかった。

*****

授業はすでに始まっていたが、ディーパックが今日もまたいつものように遅刻してきた。私はディーパックの表情を思い浮かべることに夢中で、前に教えていた生徒たちのクラスのことも、彼の後ろに立っていた美しい女性の姿も忘れていた。

30代半ばの女性で、ピンク色のショートガウンをスマートに着こなしていた。彼女は間違いなく美しい。その曲線美を見る限り、彼女は明らかに出産を終えた女性には見えない。彼女は美人だ。私は心の中でつぶやいた。

おはようございます、デヴさん。

彼女の話し方や私の名前の呼び方から察するに、彼女は私が誰なのか知っているのだろう。

私：おはようございます。

彼女：ディーパックが遅刻してごめんね。

ひょっとして、あなたはディーパックのお母さんですか？

彼女：ええ、私は彼の母親よ。なぜ訊いたのですか？

私：彼がいつもと違って静かで、来るのも遅いし、毎日迎えが遅いことについて、誰かに相談しなければなりません。精神衛生上、良くないと思いませんか？

彼女：そうだね。

私：見ての通り、私は授業があるから、スクールカウンセラーとちゃんと話すのは別の日にしよう。

彼女：それは参考になりそうですね。今からスクールカウンセラーに予約を入れてもらいます。

私：大丈夫ですよ、生徒の福祉は私自身の利益ですから。

彼女：わかりました、ありがとうございます。また別の機会に会おう。「いい子でいてね。

私はくすくす笑い、ディーパックが席に着き、その日のレッスンが続くのを見送った。残りのレッスンはストレスもなく、幸運にもあっという間に終わった。私は20代後半の独身で、ルックスと頭脳の両方に恵まれている。

*****

「ピピ！」。

デヴ：おい、どうしたんだ、なぜ僕の回線を邪魔するんだ？

サダナ：ごめんなさい。

デヴ：サダナ、よく聞いてくれ、僕は君を僕の人生から追い出したいんだ。

サダナ：あれは間違いだったんだ。

デヴ：変化だと？何度もチャンスを与えたのに、サダナはズルばかりしている。

サダナ：ごめんなさい、あなたなしでは生きていけないの。

サダナは本物のように聞こえたが、今回は本当に騙されない。

デヴ：もうサダナにはうんざりだよ。これが私たちの最後の会話になるなら、とても嬉しい。

涙を流すサーダナ：まだデヴを愛してるわ、お願い、こんなふうにならないで。

バカなことを言う前に電話を切らなきゃいけなかったんだ。彼女にはもうチャンスはない。僕とサダナは付き合って1年かそこらだけど、彼女は浮気を止めようとしなかった。僕はもう若くはないし、今必要なのは家庭を築き、将来を共にする女性であって、毎回浮気するような適当な女じゃない。「彼女は私の貴重な時間を無駄にした。

「ピピ！」。

デヴ：やあ！この前、はっきり言っただろう？非通知だったので、発信者の番号をよく確認しようともしなかったが、今回の発信者がサダナではなく、ディーパックの母親であるヴェルマ夫人だとは知らなかった。

こちらはディーパックの母親です。

デヴ：ああ、ごめんなさい、奥さん。

Mrs Verma ：笑って。失礼な物言いだったね。以前から、あなたは紳士的なタイプだと思っていました。

デヴ：いや、ただ女の子に悩まされてるだけなんだ。

ヴェルマ夫人：本当ですか？ここではどのような問題について話しているのだろうか？

デヴ：ヴェルマさん、プロらしくないと思われませんか？

ヴェルマさん：息子の先生としてではなく、友人として話してください。

彼女が私の名前を口にしたことから判断すると、これにはまだ続きがありそうだ。

デヴ：最近パートナーとの間に問題があって、関係を終わりにしたいんだけど、それ以来彼女から電話がかかってきて困ってるんだ。

ヴァーマさん：うーん、まずそうですね。でも、そんなに深刻なことでしょうか？

デヴ：彼女にはそんな資格はないんだ。十分チャンスはあったのに、何度も同じことを繰り返す。

Mrs Verma：大丈夫よ、デヴ。

デヴ：そうだね。それで、この電話には何の借りがあるのかな？

ヴァーマさん：今日はディーパックのために手を差し伸べてくれてありがとう。そして彼は、君がいかに素晴らしい教師であったかを教えてくれた。

デヴ：お褒めの言葉をありがとうございます。ヴェルマさんの息子さんはとても聡明な方ですが、無口なところが心配で、お迎えが遅かったり、登校時間が遅かったりするのを見ると、あまりいいとは思えません。

ヴェルマさん：ええ！もうひとつ、カウンセラーのオフィスに行く必要はないと思う。

デヴ：ヴェルマさん、それで大丈夫だと思いますか？

ヴェルマさん：もちろんです。

デヴ：では奥さん、ディーパックにご挨拶を。

ヴァーマさん：もちろんです。またね、デヴさん。

ディーパックのお母さんとの電話は予想以上に長かった。彼女も気さくで、何か好きなんだ。それが何なのかはわからないけど、たぶん彼女の美しさなんだろう。考えてみれば、彼女は年齢の割に、あるいは私の生徒の母親であることの割に若すぎるように見える。この間、ディーパックを迎えに行くために無謀な運転をした酔っ払いを見たんだけど、彼がディーパックの父親であるはずがないだろう？なぜこの家族に惹かれるのかわからない。ディパックに自分を重ね合わせてしまうからかもしれない。私も混乱している。

*****

みんなが叫び続ける中、私はみんなが見つめる方向を見た。女性が汗をかきながら端から落ちてきて、同時に泣いていた。倒れている女性をよく見ると、どうやら彼女はディーパックの母親であるヴェルマ夫人であり、刃物を持って彼女を追いかけてきた男は、先日ディーパックを学校に迎えに行くために無謀な運転をした男と同じだった。

二人の間に何があったのだろう、と私は自問した。ここは芝居のシーンではないようだ。

「殺人を犯す前に、誰かあの男を止めてくれ」私は声の限りに叫んだ。見ている人たちは、この出来事がどう展開するのか、すでに待ち望んでいるようで、女性の命が危険にさらされていることなど気にも留めていない。私はディーパックの母親のところへ駆けつけ、彼女を助けようとした。何が起こったのか、わざわざ彼女に質問しなかった。

警官が男に手錠をかけているのを見ながら、彼女を救急車に乗せた。ヴァーマ夫人は、さっきの転倒で骨折しているようだ。「ありがとう」と彼女は言った。

私はディーパックの家族が私の家の向かいに住んでいることさえ知らなかったが、先の事件でそれを知った。

そんなことが起こっている間、ディーパックはどこにいたのか？警察がディーパックの父親を連れ去ったし、母親は病院にいるはずだ。

リビングルームは広くて美しく、正直言ってとても暖かく、いい香りがして、棚は完璧に配置され、壁際には40インチのプラズマテレビが家族の額縁の下にぶら下がっている。

感嘆のあまり、何のためにここに来たのか忘れてしまった。階段を上り、3つの部屋をチェックした後、ディーパックがベッドで熟睡しているのを見つけた。かわいそうに、と私はつぶやき、彼の背後でドアをそっと閉めた。

*****

ディン・ディン今朝もそうだったが、朝の目覚ましの音は時として煩わしいものだ。ベッドからのろのろと起き上がり、携帯電話をダブルタップした。すごいね！こんなに長く寝たなんて知らなかった。何か夢を見たんだけど、残念ながらその夢の内容すら思い出せない。ばかばかしいと思うかもしれないけど、私にもよくあることで、一晩中見た夢を忘れて目が覚めるんだ。夢を見ないということは、閉ざされた天国や閉ざされたスピリチュアルな人生を送るということだと読んだことがある。

そうだ、ディーパックちゃんを見ないといけないんだ。ヴァーマ夫人が昨夜の事件で入院することになったらしい。冷たい風呂に入り、シリアルを食べてからヴァーマのアパートに向かった。

アパートの玄関には鍵がかかっていた。昨夜、家を出る前に鍵をかけなかったのを覚えている。ヴェルマ夫人に電話したところ、彼女は誰かをディーパックを迎えに行かせたようで、ディーパックはすでに病院についているとのことだった。彼女から病院の説明を聞いたんだけど、彼女は良くなっていて、声も良く聞こえるんだ。

最後に病院に行ったのはもう何年も前のことだ。子供の頃から病院という環境が好きではなかったし、父が無愛想な医者の手にかかって死んで以来だ。

看護婦が他の患者の腕から注射で血液を採取している。私たちはしばらく話をし、歓談を交わした後、私は前夜の出来事に口を挟むことにした。

私：それで、昨日は実際に何があったの？昨日、たまたま別の通りを歩いていて、向こうの店でシリアルを買おうとしたとき、事件の一部始終を目撃したんだ。

ヴェルマ先生：デヴ、あなたはここ数日、息子にとって単なる先生以上の存在です。

私：ええ、何でも信用してください。

ヴェルマさん会社が余剰人員で、パンデミックの間、何人かの従業員を解雇せざるを得なかったからです。それ以来、タバコを吸い、酒に溺れる日々を送っている。

酒を飲むことが解決策にならないことは、お互いわかっているはずだ。

ヴァーマさんお酒をやめるように説得したこともあるんですが、そういう場合はうまくいかないんです。昨日もそうでしたが、悪いことをしそうになるんです。

私：こんなことになって申し訳ない。

*****

先日の事件とヘマを病院に訪ねて以来、私たちは以前にも増して親密な話をするようになった。ええ、さっきはヘマと呼んでいたんですが、ヴェルマ夫人が堅苦しくしないようにと言ってくれて。

今では毎日頻繁に電話やチャットをするようになり、僕は彼女のことが好きになり始めている。人妻とデートするのは構わない。

私は常にプレーヤータイプで、最後の恋愛に全力を尽くすまでは、文字通り全力、お金も時間も注意も何もかも捧げた。それ以来、私は本当に船には反対だ。学校で僕がウインクしていた若い女性教師が、ハンサムなデヴにトリップしていたんだ。

金髪のウェーブのかかったショートヘア、グレーの小さなつり上がった目玉、顔にぴったりとついた完璧なあご。私の母は、私は神の休息日に天使によって特別に彫られたのだと言う。自分の話はこれくらいにして、現実に戻ろう。

*****

今日でマハラジャ・カレッジで教師として働いて3ヶ月目になる。廊下を歩いていると、今日は少し緊張した雰囲気に包まれているような気がした。でも、2つの違った船での新しい交際に一番興奮している。彼女は自分から誘ってくれて、付き合うことになったんだけど、彼女もすごく面白い性格で、陽気で、どこかエッチなんだ。

ディーパックだって、私が彼の母親と付き合っていることは知っているはずだ。ヴェルマ氏は国外で仕事を得て、数カ月に一度、家族のもとに戻ってくる。そのおかげで、私はヴェルマ夫人（ここでは彼女をファーストネームのヘマと呼ぶことにする）にフルアクセスし、より絆を深めることができた。

ヘマとの船旅は、ある意味で異常に始まった。結局、最初のデートではもう少し親密な関係になった。彼女は夫との楽しみを全部失ったに違いない。彼女は私に愛という点でその場を埋めてもらい、その見返りにお金をたくさんくれる。

マムタが何人かの学生を引き連れて私の横を通り過ぎるのを見て、私は唇に微笑みを浮かべた。冷静になれよ、また変態になってるじゃないか、と私は自分に言い聞かせた。

*****

私は今、ヴェルマのアパートでディーパックと一緒に課題をこなしたり、次の学業週間に備えて講義のノートを書いたりしている。

私はマムタと街を散歩したり、ピザを食べたり、ヴェルマ夫人とショッピングモールに買い物に行ったりするはずだった。時計を見ると午後11時。ヘマは？彼女はまだ戻っていないし、遅くなるとも言っていなかった。交通渋滞で何かトラブルがあったのかもしれない。

ドアベルが鳴り、私の気分は明るくなった。「今行くわ」私は鼻歌を歌いながら、よたよたとドアに向かった。ドアを開けると、ヴェルマ氏

がヴェルマ夫人と一緒にドアの前に立っていた
。

「この男は誰だ？」彼がニヤリと笑うと、私は突然の恐怖と落ち着きのなさを感じた。

ヴェルマ夫人ディーパックの学校の先生で家庭教師のデヴと出会う。

ヴェルマさん：この時間までここで何をしていたんですか？

ミセス・ロビンソンは迷ってしまい、他にごまかす嘘が思いつかなかったので、私がすぐに駆けつけなければならなかった。

私：ディーパックをアパート全体に一人きりにするのは、あまりいいこととは思えないから、もっと待たないといけなかったんだ。

どうやら彼は私の嘘を買い、それをうまく利用したようだ。

ヴェルマさん：最初は失礼な言い方をしてすみませんでした。

私：大丈夫です、どういたしまして。すぐに向かうよ。

ヴェルマさん：　もうこんな時間ですが、お乗りになりますか？

私です：私の車は門の外に置いてありますし、私の家はここから2本目の通りにありますから
。

*****

学校へ行く途中、ヴァーマスの様子を見に行くことにしたんだ。昨日ヴェルマさんに会った後、ヘマの夫が戻ってきたので、ヘマには特に気をつけなければならない。

私がノックすると、ディーパックは口を開いた。彼は偶然にも、実の父親よりも私のことが好きだと言ってくれたことがある。ディーパックと話すと、ヴェルマ氏が早朝に町を出たことを知った。「あの男は休む暇がない。

朝日が昇り、彼女の顔にその日の光を投げかけている。彼女は美しい眠りについていたが、まぶたがちらつき、しばらくして目を開けた。

背中がヘッドボードにぶつかる。

「怖いわ」と彼女は吠える。

私は幽霊のように見えたに違いない。

「私は彼女をにらみつけた。

彼女は目を細め、「何よ」と怒鳴った。彼女の頭はクラクラしているに違いない。

「昨夜」と私は言う。「あれは何だったんだ？

昨日は彼が戻ってくるとは思っていなかったし、仕事が忙しくて電話するのを忘れていたの。

「大丈夫」と私は叫び、彼女を抱きしめた。

ドアが開いたとき、ディーパックが学校の時間を知らせに来たのだと思った。私はヴェルマ氏の姿を見てショックを受け、恐怖に駆られ、すぐにヴェルマ夫人を転ばせた。

「ヴェルマ氏は唖然とし、明らかに自分の目を疑った。私はあわてて裏口から外に飛び出し、ドアを大きな音で閉めた。

*****

一日の講義が終わり、私は上着を脱いだ。今日は長い授業で、かなり疲れた。ファイルをバッグにしまいながら、この後どうやって家に帰ろうか、車が壊れているからバスで帰るしかないかな、と考える。今朝、エンジンがかからなかったので、それがわかったんだ。

″車を修理する人を呼びましたか？″マムタはバッグパックを肩にかけながら尋ねた。

「いや」と私はため息をつく。

どうして僕はクルマについてこんなに無知なんだろう？私は静かに自問する。明日の朝、メカニックに電話するつもりだ。

「明日は空いてる？

「明日、一緒に釣りに行きませんか？

彼女は目を見開き、興奮に満ちている。

「はい、そうです。

彼女は微笑む。

廊下を歩きながら、私はニヤリと笑った。校長先生にマイクロソフトの書類を手伝ってもらったおかげで、もう真っ暗だ。

「じゃあね」とマムタは別れを惜しむ。

「また明日」私は彼女がタクシーに乗り込むのを見て微笑んだ。

バス停が見えてきて、私は微笑んだ。ペースを上げようとしたとき、誰かの手が私の腕を強くつかみ、路地のほうへ引っ張っていくのを感じた。私は叫ぼうとしたが、その人は私の口を両手で覆い、さらに大きくもがいた。

いや、こんなことはあり得ない。アドレナリンが私の中を駆け巡り、その人は私を路地のほうへさらに引きずり込み、私の叫び声をその手で消そうとする。路地はすでに閑散としており、夜が明けたので十分暗い。

彼は私をレンガの壁に追い詰め、私の背中がレンガの壁にぶつかった。男はパーカーの下に3つ穴のバラクラマスクで顔を覆っている。

"デヴ"...彼は低く声を荒げる。

彼は私の名前を知っている。涙で視界がぼやけ、彼は私の口を手で押さえた。

「私は長い間あなたを見てきた、復讐のために完璧に待っていた」彼は怒鳴り、私はズボンを濡らしそうになった。

このサイコパスは誰だ？

私は彼の声がわからないし、彼がとても小さな声でささやくという事実も助けにならない。もう頭が真っ白になった。誰かが私をストーカーしていて、今まさにここで、彼は私に復讐しようとしている。

これは無作為の試みではなく、計画的なものだ。

私は勇気を奮い起こし、全身全霊で彼に突進し、襟首をつかんで一緒に倒れ込んだ。

「くそったれ！」私は男を振り回し、背後から手首をロックし、芝生に強く押しつけ、地響きがするほど顔を叩きつけた。

*****

ヴェルマさんに奥さんとのベッドがバレて以来、ヴェルマさんとはすっかり仲違いしてしまった。今でも会話はするが、以前のように頻繁ではない。ヴェルマ氏は以前の彼に戻り、最近はさらに酒癖が悪くなっていると聞いている。

ヴェルマ夫人のオフィスに向かうと、彼女がGPSで送ってくれた場所にもうすぐ着くことがわかる。車を降りてロビーに入り、その階に着くとエレベーターが開き、私は外に出た。私は廊下を歩き回り、彼女のオフィスに着くと立ち止まった。数秒後、彼女はドアを開けた。

「ハイ、ベイビー」と彼女は笑う。

私は彼女の腕を掴み、くるくると回転させ、ドアを閉めながらオフィスに引き込んだ。

「と彼女は言う。

ああ、僕は彼女にキスしたいんだ。キスはとても深く激しいもので、私の手はドアの上で彼女の腰に回され、彼女の体は私の体に押しつけられた。

"気に入ったか？"

彼女の吐息が私の耳をくすぐり、背筋がゾクゾクする。"ああ、ベイビー......君がそうするまで、それが唯一の思い出になるまで、愛してあげるよ "と私は言う。

彼女のスカートを下ろし、私の指が彼女の内腿に触れると、彼女の肌に鳥肌が立つのを感じた。そして、私が突然後ろから彼女の中に私のすべてを埋めるように突き刺すと、彼女の口から小さな悲鳴が漏れた。

"デヴ "と唸りながら、息を漏らす。

私は後ろから彼女の髪を掴み、首筋を舐めながら彼女の頭を私に近づける。しばらくの間、私たちの激しい呼吸音だけが部屋を満たす。

「私のオフィスへようこそ」と彼女は疲れたように言う。

*****

歩道を歩きながら、学校の風景を占める建物を見回し、私の唇に笑みが浮かんだ。冷たい空気が肌に吹きつけ、私はそれを楽しみながら満足げに息をついた。

今朝は朝礼前に校長室に出頭するようにとメールが来た。校長は今朝、何をしに来たのだろう。この前、エクセルの使い方を完璧に教えたのに、もう手順を忘れてしまったのだろうか。

手首に包帯を巻き、あごに小さな絆創膏を貼って、カーパックへと歩き出した。

彼の怪我を見て、自分が襲われたときのことを思い出した。どうやって犯人から逃げおおせたか。彼の手首をひねり、顔を草むらに何度も押しつけてから走り去ったのを覚えている。

校長室に入ると、教頭先生をはじめとする学校の名士たちに出会った。

校長：おはようございます。申し訳ありませんが、この即席会議を招集せざるを得ません。非常に重要な案件があり、議論する必要があるのです。

学校の秘書が茶封筒を私に手渡した。

校長：デヴさん、そうです、学校はいくつかの問題があるため、あなたを解雇することにしました。

私は途方に暮れ、まともに考えることもできず、ただ呆然としていた。

「ミーティングは終わりだ、集合だ」と校長が言うと、他のスタッフはオフィスから出て行った。

「デヴ、ちょっといいですか」と校長。

「ヴェルマ氏から、あなたが彼の妻であるディーパックの母親と交際しているとの苦情があった。

正直、何も言うことはない。

「学校は、あなたの行動は非常に不適切であり、プロフェッショナルではないと判断します。

私は返事もせずに校長室を飛び出し、途中でマムタに会った。

″事情は聞いたが、学校側は君が解雇された理由を明らかにしなかった。

彼女が何を言っているのか聞く気もなく、私は彼女の前から立ち去った。

*****

1年後

夜の支度をしようとバスルームを出ると、ラジオから流れる音楽が暖かい風とともに流れてくる。タオルに包まれたまま、私は鼻歌を歌いながらクローゼットを開け、この大切な日、ほとんど人生で最も大切な日、結婚式の日に着た服を戻そうとした。たまたまビーチサイドでの手の込んだ結婚式で、家族や友人も少なく、すべてが完璧にうまくいった。

マハラジャをクビになった数ヵ月後、私はある会社に再就職したが、結局、クビは不幸中の幸いだった。

ショーツのポケットの中で携帯電話の着信音が鳴った。私は迷った末、突然電話を取った。

もしもし、どなたですか？

何秒か返事がなかったが、かすかな音が聞こえ始めた。

私：はっきり言わないと切るよ。

電話の相手は後で話したが、驚いたことに夫人だった。

彼女は何がしたいんだ？

ヴェルマさん：お忙しいところ申し訳ありませんが、今すぐ私の家に来てください。

彼女は私が他の女性の指に指輪をはめたことを知らないのかもしれない。子作りをするはずのこの時間に、なぜ彼女は電話してくるのだろう。

私が何か言う前に、彼女は電話を切った。

助けを必要としている人を放っておけないんだ。

マムタに、ママが事故に遭って、今晩どうしても会いに行かなきゃいけないって嘘をついたんだ。

「私も同行させて、一緒に彼女に会いに行きましょう」マムタが言う。

「その必要はない、ただ彼女の様子を見に行きたいだけだ。私は彼女に答えた。

「こんなはずじゃなかった、今夜は一緒にいるはずだったんだ。

*****

腕の中の温もりが失われていくのを感じながら目を覚ますと、昨日の夜、ヴェルマ夫人に誘われるまま抱きしめて眠ったので、私の心は警戒していた。彼女は私のことを病気だと言っていたが、結果的にはまったく問題なく、ただ私を求めていただけだった。新婚の妻が家で待っているにもかかわらず、彼女を断ることさえできなかった。

突然席を立ち、私は周囲を見回した。ナイトスタンドの時計を見ると、まだ下がっていない。ベッドから降りる。

″ヘマ！″

トイレの前を通ったが、誰もいない。バルコニーへのドアが開け放たれ、カーテンが流れているのに気づき、私はため息をついた。そして目の前に、血の海の中で死んでいるヴァーマ夫人の姿があった。

警察を呼び、救急車が到着した。結婚初夜にパートナーを裏切ったことに対する神からの罰なのかもしれない。

私がまだ震えていたとき、警察官が顔面蒼白のまま、手錠を前方に伸ばしたまま近づいてきた。

「逮捕する

私はさらに混乱した。

「どうしたんだ？

「私たちの身柄拘束に従うこと、行儀よくすること、弁護士や弁護士を呼ぶ権利があること、今言ったことは法廷で不利な証拠として使われる可能性があること......。

*****

何日も警察に拘束され、拷問や尋問を受けた後、ようやくバーマス夫人の死の真相が明らかになった。

ヴェルマ氏は病院でヴェルマ夫人の首を絞めようとして逮捕された。私が逮捕された朝、病院に運ばれ、昏睡状態になっていたんだ。

看護師たちは、ヴェルマ氏が奇妙な行動をしていて、みんなを怪訝な目で見ていて、いつも手術室で患者と二人きりになろうとするので、何か面白いことが起こるかもしれないと警戒していた。

その後、彼は現行犯逮捕され、看護婦から逃れようともがきながら注射を打たれ、警察署に連行された。

その後、彼は警察の取り調べを数日間受け、ようやく罪を自白した。彼は、私がヴェルマ夫人が気絶しているのを見つけた早朝に、夫人を襲ったことを告白した。彼は彼女を注意深く観察していて、ついに復讐を果たすことができた。

あの夜から朝にかけてのCCTVの記録をすべて削除し、綿密に計画された犯行を、どうやって完璧にやり遂げたのだろう。

その後、ヴェルマ氏は法廷に送られ、3年の実刑判決を受けたが、ヴェルマ夫人は数週間後に昏睡状態から回復した。今は離婚している。

妻は本当に傷つき、離婚寸前までいったが、幸い離婚には至らなかった。

****

マスク

手のぬくもりを感じる。手の中の血管に何が流れているのか、想像することができた。それは誰も知らないことだし、率直に言って、誰も知る必要のないことだ。それは本物の感覚であり、水が手から湧き出るのとは違う。

粘度が違うのは、おそらく人の命が沈んだ別の液体だからか、あるいは粘度とその質感のせいで、すべてがまったく違って感じられるからだろう。

しかし、実際のところ、このようなことを考える人はいない。映画を見るときや、良い本を読むときでさえそうかもしれない。日常生活の中で、自分の手が血の流れを感じると考えるのは、あまり現実的ではない。

しかし、合格したとき、その前に見たことのどれだけが、自分に起こったことのどれだけが避けられたかを考えるようになる。

僕はジャックだ。君はいろいろなことを防ぐことができたけど、僕は何も防ぐことができなかった。判断は君に任せるよ。

毎朝起きると、何も意味をなさない最初の2分間が、私の良心の表れだった。ベッドに座っているだけで、彼の視線を感じることができた。私のカーテンは閉ざされていたのに、自然を超えた何かが、私が眠っているときにカーテンを開けて私を見ているような気がした。

立ち上がり、地面に足をつけると、床の冷たさが神経末端から伝わってくる。

あの家をさまよった影は、左右に歩き、窓の前で一瞬止まった。まず最初に思ったのは、変質者のおっさんだ、ということだった。そんなくだらないことを考えて一日を台無しにしたくはなかった。

私は制服を着た。私学には私学のルールがある。階段を下りると母がいた。母はいつものように料理をしていて、振り向くと父がいつもの場所で新聞を読んでいた。

私は母に、"パパは早く仕事に行ったの？"と尋ねた。

しかし、彼女は何も答えず、ただ私をちらりと見て、私の前に朝食を置き続けた。食べてすぐに完食した。私は出かけた。玄関でマヤが手を振っていた。

マヤに挨拶を返す前に、私は肩に冷たい感触を覚えた。何かが突然、私の体に重くのしかかるような感じだった。私は顔をしかめ、無意識のうちにすぐ近くの家の2階の窓の向こうに目をやった。

そこに影が見えた。その視線は、まるで恐怖と絶望からくる重圧のように私にのしかかった。私は凍りついたように立ちすくみ、その原因を動かすことができなかった。影が消えると、重さも消え、私はまた普通に呼吸できるようになった。

私は混乱した。気のせいか？

私は首を振った。私はマヤに向かって歩き、左右を見回した。私はジーヴァンを見ていない。「ジーヴァンはどこ？

彼女はただ微笑んで答える。そして彼女はバッグからマフィンを取り出し、私にくれた。″何か食べると顔色が悪くなる″

私はマフィンを受け取ったが、お腹は空いていなかった。私は食べたばかりだった。しかし、ほとんど手をつけていないのに、なぜか巨大な空腹感が襲ってきた。食べてみると、何日も食べていないような気がした。食べないでいる時間が長いと、食べ物が持つ味がしておいしかった。

噛むと、私には不思議に思えた粘りと風味が感じられた。母が朝食をくれたところだった。何が起こっているのか理解できなかったので、私は混乱したままマヤと一緒に歩くことにした。

彼女はいつもの話題を話してくれたが、私はアスファルトの上を歩く私たちの足音を聞いて気を紛らわすことしかできなかった。彼女の足取りは柔らかく、まるで彼女にぴったり合っているかのようだった。しかし、なぜか私のは聞こえないことに気づくことができた。その代わり、まったく別の地点を歩く、もう一組の足音が聞こえてきた。

私はすっかり気が散ってしまったが、同時に、それがどこから来たのか見たくない気持ちもあった。ある時、私たちは歩みを止めた。

マヤは私を見て、「今日は幽霊みたいだね」と言った。ほら、マフィンをもう一つ食べて」。私がそれをつかむと、彼女は立ち去った。

何も考えずにマフィンを食べたが、水っぽくて変な感じがした。私は自分が持っているものと目の前にあるものを見て驚いた。

私の目は恐怖と混乱で大きく見開かれた。気がつくと、私は別の路地にいて、足元にはジーヴァンの死体があり、彼の胸は大きく開かれ、心臓はパンがあるはずの私の手の中にあった。

ジーヴァンの目は、まるで死ぬ前のパニックのように大きく見開かれ、何が起こっているのか混乱していた。万年雪のような視線の重みに背中をのけぞらせ、口の中に血の金属味を感じた。飲み込みたかったが、口の中に何か入っているような気がした。さっき食べたマフィンの切れ端を味わうように舌を動かすと、その固さが正体を教えてくれた。すぐに吐き出すと、噛んだハートのかけらが見えた。

私の手を見ると、歯の跡で彼の心臓が見えた。嘔吐したいという深い欲求を感じ、液体が喉まで上っていくのを感じた。すぐに、私は口を覆っていた土と血をすべて吐き出した。しかし、その瞬間、私は再び目を覚ました。

その短い時間が2年のように感じられた。私は緊張して自分の手を見た。血痕はなかった。何かがおかしかったのだが、それがどこにあるのか、はっきりと指をさすことができなかった。私は家まで走って戻り、できるだけ早く家に入った。

私はただ窓の外を眺め、他の家の男が私を見ているのを見た。彼がさまよった時間はなかったが、彼の黒い目は私の行動を吟味するかのように私の身体を見ていた。

呪縛を解き、私はバスルームに駆け込み、顔を洗った。水は一時的に私の恐怖心を洗い流し、心臓はまだ激しく鼓動していたけれど、落ち着くことができた。呼吸が荒くなり、鏡に映った自分の笑顔を見た。

不思議なもので、自分が笑っているようには感じなかったが、笑顔ははっきりと見えた。とても奇妙に感じた。私は自分を抑えようとした。エントランスに降りたところだ。また母の姿が見え、食事をしているようだった。父は彼女の隣に座って新聞を読んでいた。

私も座って食べた。彼らは何も話さなかったし、何も言わなかった。彼らはただ、バラバラな動きをして、宙を見つめていた。その行動を理解できないまま、私はただ食べ物を一口食べ、そこで何かが起こった。鉄の味とハートの粘りが唇に感じられた。

私は冷静を装ってテーブルから飛び起きたが、私の手がジーヴァンの血で汚れているのを見ただけで、そこに彼の姿はなかった。両親と僕だけだった。彼らは私の動きに反応しなかった。私は頭を振り続け、手の中にあったものが消えることを、あるいはせめて落ち着くことを願ったが、できなかった。

私は話したかったが、そうではなかった。私は荷物を持ってその場を離れることにした。私が帰ると、マヤが待っていた。彼女は半笑いで私を見つめ、手にはマフィンを持っていた。

私は彼女を見つめ、立ち止まることなく顔を上げて窓を見た。私を見ていた男の影がそこにあり、警戒しながら、まるで見逃すことのできないショーであるかのように、私の一挙手一投足を見守っていた。

私はマヤを見て、自分の身に起きていることを彼女に伝えたいと感じた。しかし、それを言葉にしようとすると、支離滅裂であることに気づいた。何かをしなければならないのに、出口のない幻想の中に沈んでいくような気がした。それはすべて、私を監視していたあの男のせいだと、ある部分が叫んでいた。

私は彼女に向かって歩いた。彼女は微笑み、バックパックからマフィンを取り出した。彼女は〝何か食べて、顔色が悪いわよ！〟と言った。

彼女の言っていることが信じられなかった。私は顔をしかめて彼女を見つめた。彼女の心臓が鼓動しているのが見えた。私はびっくりしてマフィンを叩き落とし、地面に落ちた。

「ジャック、どうしたんだ？ただのマフィンだよ！」。彼女は身をかがめてそれを取ろうとした。

それを見て、私は息が荒くなった。私は観客を見ようと顔を上げたが、そこに影はなかった。なぜだかわからないが、もし彼が私を見ながら話したら、何か恐ろしいことが起こるような気がした。

「言っておきたいことがあるんだ私はマヤの手をつかみ、そこから連れ出した後、マヤに言った。

私たちは懸命に走っていた。何か変だと思ったからやめたんだ。マヤを見たが、私の握力からぶら下がった切断された腕と血まみれの足跡が見えただけだった。腐敗臭がした。私は怖かった。私は怯えと混乱であたりを見回した。どこまで話したっけ？

私はもう路上にはいなかった。私は家にいた。私は完全に混乱していた。これはいたずらだったのか？私は握っている腕を見て、マヤの指輪に気づいた。

心がパニックになり、私は思い切り大声を出した。すべてが消え去り、見慣れた部屋のインテリアに変わった。

自分の部屋で再び目が覚めたが、何か恐ろしいことが起こったのは明らかで、血の匂いが五感に染み渡り、起き上がると、この男の視線をもう一度感じた。腹が立ったが、この男が私を狂わせ続けるのは許せない。私は覚悟を決めて1階に降り、野球ボールを持って彼の家まで歩いた。

私は何度も何度もドアを強くノックした。殴りすぎて手が痛かったが、あの男が私が経験した地獄について説明してくれるまで、私はその場から動こうとしなかった。ドアが開き、私は力強く中に入った。敷居をまたぐと、家の中の漆黒の闇に吸い込まれ、瞬く間に厨房にいた。

キッチンの明かりだけが点いていて、私の心は迷い、バットは両手に握られ、顔とシャツは血で汚れていた。血の匂いはもう普通で、気にならなかった。私の足の指は、目の前にある頭を潰された死体の水たまりに立っていた。

バットの先には小さな脳みその欠片が散乱し、足の間からはその粘着性の液体が垂れていた。私は血の中に立っていて、それに気づいて逃げようとしたが、キッチンの床全体がこぼれた血で真っ赤になっていた。

もう後戻りはできない。お腹空いてるでしょ？

振り向いたが、何も見えない。その場所には誰もおらず、私のものではない家の深い闇だけが広がっていた。心臓がドキドキし、手が震えた。

〞なぜ自分の姿と闘い続けるのか理解できない......あなたはすでに何度も、もっと悪いやり方でこれをやってきたじゃないか！〞

私はもう一度声の出どころを確かめようと振り向いたが、私のそばには誰もいなかった。明らかに私はおかしくなっていた。〞バカなことを言うな！〞

もう一度振り向くと、今度は私の顔が映った小さな肖像画の額縁が見えた。反射した私の顔には幸せそうな笑顔が映り、私は自分が見ているものが信じられず、ゆっくりと首を振った。これも悪い夢に違いない！きっとそうだろう！

〞否定は最も不都合だ...我々の仕事の細部を楽しませてくれない！〞

私は　〞これは何なんだ...私に何が起こっているんだ〞と要求した。

私は息が上がっていた。私は何が起こっているのかを理解しようとしていた。恐怖が私の体を支配し、足の指の間には血の粘りが混じり合った。その声はさりげなくこう答えた。

私は顔を上げ、バットを離した。私は背中をキャビネットにつけて滑り、地面に叩きつけられる1秒前に、服が汚れることを考えたが、その考えは愚かだった。私はただ身を任せ、地面に手をついた。私は、数メートル先で息絶えている人の深い血を感じた。

私は彼を見つめた。目を覚ましたかったが、それは不可能だった。私の心はあの暗い悪夢を見続けていた。

「夢じゃないんだ！それは違う！これが現実であり、あなたの現実であり、あなた自身の手で築き上げた幻想的な現実であり、自分が何者であるかのための長い闘いの受け入れであり、最も暗い欲望の深い淵への転落なのだ！″不気味な声がもう一度聞こえた。

私は怖くて、股の間に頭を埋めて泣いた。涙は出なかったし、胸を触っても、心臓はまだ普通に動いていた。私が感じた苦悩は、私の身体には現れなかった。自分の手が地面の血と戯れていることに気づき、顔を上げると自分の姿が映っていた。私は″私に何が起こっているんだ！″と言った。

反射的に小さく微笑み、「同じことばかり聞いているわね」と答えた。あなたは何も悪くない！生きているのはお前だけだ見栄も涙もなく、満たされない空想もなく、後悔の念を微塵も見せずに、好きなように生きる。″

その瞬間、私は自分の人生におけるファンタジーを思い出した。そして目を上げると、″ジーヴァンとマヤ！″と言ったときの自分の姿が映っていた。

自分の顔が歪むような笑みを浮かべていた。怖かったが、見るのをやめられなかった。

まるで私の内側から発せられた言葉のように、反射はこう尋ねた。

目を覚ましたくなかったし、すべてが夢であってほしかった。

瞬きをしながら、私はジーヴァンとともに歩いた。彼は困惑して私を見た。″ここで何をするんだ、ジャック？″

私は、明らかに私の反射による低い声で彼を見た。私は ″見せたいものがあるんだ ″と答えた。

彼はうなずいた。私は路地の奥を指差し、飼い猫の亡骸を見せた。ジーヴァンが彼を見つめ、私に何か言おうとしたとき、彼の胸にナイフが突き刺さり、その声は遮られた。彼の血はナイフの刃の間を転がり、私の手の上に落ちた。彼の血の温かさが私の肌を震わせ、彼の目を見て私は微笑んでいた。

彼は私の顔を手で押さえ、恐る恐るこう言った。″殺す気か、ジャック？″

私は答える代わりに、ナイフをさらに埋めた。彼は叫んだが、誰も耳を貸そうとしなかった。私はそれを確認した。私は彼がゆっくりと倒れるのを見た。そして私は彼の胸を開き、超人的な努力で骨と皮膚を破壊した。しかし、明らかに私はもう人間ではなかった。彼の心臓を見ると、傷の見本があり、その赤みを帯びた色が私の食欲をそそった。飲むときは断固として噛む。

彼のおいしさは、今まで味わったことのない珍味のようだった。私は恍惚としていた。ジーヴァンがこれほど美味しいのだから、マヤの味も絶品に違いない。

私は心の中で深く泣いた。彼女は私の友人であり、私がいつも愛していた女性だった。しかし、私の腹の中には底なしの穴のように好奇心が膨らみ、その考えに完全に恍惚とした目で私を見つめる私の姿が映し出された。

瞬きする間もなく、私は自宅の玄関に姿を現した。マヤは私に向かって歩いてきた。彼女は私に ″話したいことがある ″と言った。

彼女は私の両親がテーブルに座っているのを見たが、彼らは真っ白で無気力だった。母は首を赤ら顔のように開き、父は1週間前の新聞の上に糸を垂らすだけだった。

私の方を振り向こうとしないマヤの怯えた心臓の音が聞こえた。どうしようかと思案する彼女の思考が聞こえた。深呼吸をした若い女性は逃げようと思ったが、私のナイフが彼女の背中を貫いたとき、彼女の足は凍りついた。

私の指は彼女の顎をつかみ、自分をコントロールすることなく、耳元でこうささやいた。

彼女は悲鳴を上げることができなかった。痛みが深かったのか、恐怖が彼女を黙らせたのかはわからないが、彼女のくぐもった叫び声はオーガズムを帯びていた。両腕を私の手に握られたまま、彼女は私の中で音楽のリズムに合わせて踊った。鏡の前で立ち止まり、自分の姿を目にしたとき、私は首を横に振った。

かつての私と今の私。一方は微笑み、もう一方は深い苦悩から涙を流した。何も真実であって欲しくはなかったが、心の奥底では、この手であの感覚を味わいたいという願望が顕在化していた。

マヤの腕に映り込んだ本物に触れようと、手を上げた。

反射的に手を挙げた。お互いの指が近づき、ゆっくりと心臓がドキドキするのを感じ、指が絡み合い、瞬きとともに自分の血の流れを感じた。部屋で目を開けると、息が苦しかった。

私が感じたことは現実なのか、それとも鮮明な夢なのか。地に足をつけただけで、私はすでに真実を知っていた。それは不穏な真実であり、あなたを見つけ出し、あなたの心の最も暗い部分に宿る真の渇きを示すものだった。

****

www.ingramcontent.com/pod-product-compliance
Lightning Source LLC
LaVergne TN
LVHW041531070526
838199LV00046B/1614
* 9 7 8 9 3 6 7 9 5 2 7 1 9 *